조정래 장편소설

인간 연습

아들 초등학교 운동회에서(1981년 모습. 촬영 김초혜.)

조정래
장편소설

인간연습

성공과 실패를 거듭하는 인간의 삶,
그것은 결국 인간답게 살고자 하는 '연습'이다.

　인간은 기나긴 세월에 걸쳐서 그 무엇인가를 모색하고 시도
해서, 더러 성공도 하고, 많이는 실패하면서 또 새롭게 모색하
고 시도하고……. 그 끝없는 되풀이는 인간이 인간답게 살고
자 한 '연습'이 아닐까 싶다. 그 고단한 반복을 끊임없이 계속
하는 것, 그것이 인간 특유의 아름다움인지도 모른다. 그 '큰
연습' 한 가지에 대해 오래 생각해 오다가 이 작품을 엮어냈다.

　"진정한 작가란 어느 시대, 어떤 정권하고든 불화할 수밖에
　없다. 왜냐하면 모든 권력이란 오류를 저지르게 되어 있고, 진
　정한 작가는 그 오류들을 파헤치며 진실을 말하기 때문이다.

그러므로 작가는 정치성과 전혀 관계없이 진보적인 존재일 수밖에 없으며, 진보성을 띤 정치 세력이 배태하는 오류까지도 밝혀내야 하기 때문에 작가는 끝없는 불화 속에서 외로울 수밖에 없다."

몇 년 전에 낸 산문집에 실려 있는 글이다. 이번 작품을 쓰면서 다시 음미하게 되었다.

내 문학에서 분단문제를 마무리하기로 하면서 이번 소설을 지었다.

바야흐로 인터넷 시대다. 인터넷은 온갖 유혹적 기능으로 독서 중심 세력인 젊은 층의 시간을 무한정 빨아들이는 블랙홀이다. 그래서 '문학의 위기'라는 말이 등장했다.

그러나……, 문학은 영혼의 호흡 작용이니까!

출판사를 바꾸면서 다시 읽어 퇴고를 했다. 이 개정판을 정본으로 삼고자 한다.

2021년 3월
오대산자연명상마을 세심헌에서

| 차례 |

작가의 말 6

1. 한 잎 낙엽으로

박동건, 그가 끝내 죽었다. 그를 저세상으로 데려간 것은 어떤 병이 아니었다. 가을 찬바람 속에서 떨어지지 않을 단풍이 어디 있겠는가. 서릿바람에 못 견디어 떨어지는 무수한 낙엽들을 누가 기억하겠는가. 그는 계절풍이 아닌 야릇한 바람에 휩쓸려 한 잎 낙엽으로 떠나갔다.

윤혁은 낙엽이 흩날리는 공원에 망연히 앉아 있었다. 허망한 것도 공허한 것도 아닌 가슴에서 절망에 빠진 박동건의 목소리가 울리고 있었다. 죽음치고 허망하지 않은 죽음이 어디 있으며, 죽음으로 바뀐 삶이 공허하지 않은 것이 어디 있을 것인가. 그러나 박동건의 죽음은 그런 평이한 감상만으로

맞이하기가 어려웠다. 남다르게 질곡 많은 삶에 그만큼 회한
이 크기 때문이었다. 그는 스스로 시대의 짐을 지고 자기 자
신을 위해서는 한 번도 살아보지 않았던 일생을 살다 갔다.
……그렇지만 어찌할 것인가. 시대는 변해가고, 그 파도는 거
칠고 매정했다. 그 거센 시대의 파도 속에서 개개인은 하나씩
의 물거품에 지나지 않았다.

"이거 우리 헛산 것 아니오?"

박동건의 말은 말이 아니고 절망의 울음이었다. 그 울음은
홍수가 되어 자신에게 떠밀려오는 것을 윤혁은 여실하게 느
끼고 있었다. 참혹하게 일그러지는 박동건의 얼굴이 그가 지
켜온 성(城)이 얼마나 심하게 무너지고 있는지를 숨김없이 보
여주고 있었다.

그의 말이 말이 아니었으니 윤혁 자신도 대답을 할 것이
없었다. 자신도 무언 속에서 그와 똑같은 말을 하고 있었고,
그와 똑같이 가슴이 무너져 내리고 있었다. 그와 자신은 운명
처럼 일란성 쌍생아였다.

"세상에 어찌 그런 일이 있을 수 있소. 도무지 믿을 수가 없
는데, 왜 그리된 거지요? 속 시원하게 말 좀 해보시오."

한숨을 토해내는 박동건의 입 언저리에 파르르 경련이 일고
있었다. 심하게 씰룩거리는 입술이 파랗게 변색되어 있었다.

"글쎄요, 나도 청천벽력이니 오리무중일 뿐이오. 어찌 그럴

수가 있는지……."

윤혁도 깊고 긴 한숨을 내쉬며 아랫입술을 아프도록 깨물었다.

"아니, 윤 동지는 나보다 아는 게 훨씬 많잖아요. 정확하지는 않더라도 뭔가 짚히고 짐작 가는 거라도 있을 것 아니오?"

"원, 많이 알기는……. 나도 답답하고 기가 막혀 뭘 좀 알아내보려고 신문들을 샅샅이 뒤지고, 학자라는 사람들이 쓰는 글도 열심히 읽어보고 그랬어요. 허나, 확실한 원인 규명 같은 건 없고, 모두들 들떠서 수박 겉 핥기 식으로 요란하기만 할 뿐이었어요. 무슨 이유가 확실히 있을 텐데……, 답답하고 암담한 노릇이오."

"미국하고 전쟁을 한 것도 아니고, 저절로 폭삭 주저앉아버렸으니 그게 도대체 무슨 변괴요. 이런 해괴한 일이 세상 어디에 또 있겠어요. 사상의 조국으로 그렇게 철석같이 믿어왔었는데……."

박동건은 울음처럼 한숨을 토해냈다. 경련하는 그의 눈자위가 붉어지고 있었다.

'사상의 조국'이라는 말에 윤혁의 가슴에서는 옛날에 그랬던 것처럼 찌르르 전기가 통하고 있었다. 당을 절대 신뢰했던 것처럼 그 먼 나라도 절대 신뢰의 대상이었다. 젊은 날로부터 그 나라를 최대 이상으로 삼았고, 그곳에 한번 가보는 것이 누구나 품는 소망이었다. 이슬람교도들이 메카를 한번 가 보는 것이 평생 소원인 것처럼. 그때부터 그 나라를 일컬었던 말이 '사상의 조국'이었다. 그런데 그 나라가 어느 날 문득 망해 없어지고 말았다. 갑자기 최고 강도의 지진이 몰아닥치고, 일시에 수천 발의 원자폭탄이라도 투하된 것처럼. 그러나 그 넓은 나라에는 미진도 일어나지 않았고, 미국과 사생결단 전쟁을 한 것도 아니었다.

"쏘련이 그리됐으니⋯⋯."

박동건은 부들부들 떨며 중얼거렸다.

"참 해괴한 일이오. 허나 너무 낙담하지 맙시다. 필히 무슨 곡절이 있을 것이니⋯⋯. 또 오리다."

윤혁은 서둘러 몸을 일으켰다. 무슨 급한 일이 있어서가 아니었다. 박동건이 입 안에 얼버무리고 있는 말이 무엇인지 직감했기 때문이다. '쏘련이 그리됐으니⋯⋯' 그다음에 이어질 말을 듣기가 두려웠다. 어쩌면 박동건도 그 말을 입밖에 내기가 무서워 거기서 말끝을 흐렸는지도 몰랐다.

"모르겠소, 처자식들한테 배척당하는 서글프고 한심한 신세에 쏘련마저 저 지경이 됐으니 이젠 어디다가 마음을 기대고 살겠소. 아무 가망이 없어요. 세상이 이 꼴로 변해갈 줄 알았더라면 그때 차라리 떡공이들한테 맞아 죽었어야 하는 건데, 괜히 목숨은 질겨가지고⋯⋯."

핏기라고는 없이 수척한 박동건의 얼굴은 우는 것처럼 구겨지고 있었다.

윤혁은 진저리를 쳤다. '떡공이'라는 말을 듣는 순간 찬 기운이 오싹 등줄기로 뻗쳤던 것이다. 떡공이란 강제 전향을 시키기 위해 동원된 폭력배들이었다. 조폭, 살인범, 강도강간범 등 흉악범들로 짜인 그들은 교도소 안에서 저희들 맘껏 폭력을 휘둘러댔다. 교도관들이 부채질을 해대고 있으니 그들의 기세는 거칠 것이 없었다. 우리는 대한민국의 신성한 반공투사야. 그들에게 주어진 명분이었고, 그들이 내세우는 자랑이었다. 너희들, 대한민국 뒤엎으려고 왔다가 잡혔잖아. 그럼 마음을 고쳐먹어야 되잖겠어. 대한민국은 느네들 죄 다 용서하고 받아주겠다고 따뜻하게 은혜 베푸는데, 느네들은 그 고마움도 모르고 끝까지 대한민국을 엎어먹겠다 그거지. 요런 악당, 악마 새끼들이 어딨어. 대한민국이 홍어좆이냐, 식은 죽이냐. 느네들 맘대로 엎어먹고 뒤집어먹고 하게. 요런 쥐좆만도 못한 새끼들, 어디 누가 이기나 보자. 그들이 제멋대로 몽둥이를 휘두르고 발길질을 해대고 하면서 넣는 추임새였다. 그들 앞에 사상의 자유, 신념의 자유를 꺼낼 계제가 아니었다. 그건 검사 앞에서도, 법정에서도 보장되는 권리가 아니었다. 반공을 국시로 내세운 나라에서 그들의 말이 틀리다고 할 수도 없었다. 자신들은 분명 사회주의 건설을 위해 남조선에 침투해 왔던 것이다. 그들의 폭력은 무자비했다. 그들은 교도관들과 얽혀 있었다. 그들은 하나라도 더 전향을 시켜야 자신들의 능력을 인정받고, 그 덕에 감옥살이를 편히 하게 되어 있었다. 그리고 그들이 전향을 시키는 것만큼 해당 교도관들은 승진이 빨라지고, 직급도 달라지는 것이었다. 그 상부상조 앞에서 폭행은 신바람난 춤을 출 수밖에 없었고, 그 고통을 견뎌내야 하는 것은 그야말로 사투였다. 그들은 폭행만 가하는 것이 아니라 호스를 입 안에 틀어넣고 배에 물 채우기, 바늘이나 핀으로 전신 쑤셔대기, 겨울에 옷 홀랑 벗겨버리기 등 할 수 있는 고문은 가지가지 다 동원했다. 맞아 죽는 사람들이 속출했다. 그러나 아무런 문젯거리도 되지 않았다. '병사'라고 진단서를 꾸미면 그뿐이었다. 그렇게 죽는 것이 두려우면 어서 전향을 하라는 정답이 있을 뿐이었다. '유신' 바람이 불면서 더욱 극심하고 가혹해지기 시작한 일이었다. '혁명공약' 1조를 줄기차게 실천하는 셈이었다. 뒤늦게 안 일이지만, 5·16 직후에 북에서 잠입해 들어온 황태성을 가차없이 죽여버리는 것이 박 정권의 반공주의였다. 황태성은 박정희의 대구사범 스승이자 그의 형과 절친한 친구로, 그들은 함께 일제시대부터 사회주의운동을 해온 사이였다. 그런 사람을 사형시켜 버리는 판에 올챙이 간첩들에게 행해지는 전향 공작은 떡공이들 말마따나 정말 '고마운 은혜'인지도 몰랐다.

"어떻게……, 가족들하고는 좀 나아지고 있소?"

윤혁은 돌아서다가 조심스럽게 물었다. 괴로움을 덧나게 하는 것 같아 묻지 않으려고 하면서도 마음이 쓰여 그냥 넘길 수가 없었다.

"다 틀렸어요, 딴 남보다 못한데." 박동건은 퉁명스럽게 말하고는, "그래도 막내아들놈이 조금씩 누그러지는 기색이니 그나마 다행이라면 다행이지요. 그놈 얼굴도 모르고 북행을 했었는데……, 애비로서야 면목 없고, 죄인이지요." 잠겨드는 그의 목소리에 물기가 배어 있었다.

"그거 다행이오. 어쨌거나 여태까지 붙어 있는 목숨, 너무 상심 말고 살아봅시다. 이 급변하는 세상을 보게 하려고 명줄이 긴 것인지도 모르니까. 옛말에, 개똥밭에 굴러도 이승이 좋다는 말 있지 않소. 또 봅시다."

윤혁은 밝게 웃으려고 애쓰며 박동건의 손을 잡았다.

"윤 동지는 아직까지도 혁명적 낙관주의를 보지하고 있군요. 난 성품이나 품성이 모자라서 그런지 어쩐지 그냥 막막하고 암담할 뿐이오. 빌어먹을 팔자……. 조심해 가시오."

껑충하게 큰 키의 박동건은 우는 얼굴에 억지웃음을 짓고 있었다.

혁명적 낙관주의를 보지하고……, 열기 뜨거웠던 옛 시절의 어투를 듣자 윤혁은 콧등이 시큰해지며 눈시울이 뜨거워졌다. 금세 눈물이 날 것 같은 그런 증상은 육십 고개를 넘기면서부터 생긴 것이었다.

이 사람아, 딴소리 말어. 난들 무슨 빛이 보이고 가망이 보일 리 있나. 혁명적 낙관주의라……, 그거 다 지나간 얘기야. 혁명이 물결치던 시대에나 찬란했던 슬로건이지. 자네 맘이나 내 맘이나 다를 게 뭐 있겠나. 그저 어쩔 수가 없으니까 해보는 소리지.

몇 달이 지나 다시 만났을 때였다.

"정말이지 우린 헛살았어요. 예, 헛살았다고요."

그동안 몰골이 더 상한 박동건이 한숨과 함께 토해낸 말이었다.

"또 무슨 일이……?"

윤혁은 박동건을 물끄러미 쳐다보았다. 그 얼굴이 불안스러웠다.

"글쎄, 모두 배곯아 허덕거리는 게 사실이라고 하더라니까요. 설마설마했는데 그게 아니었어요."

"그럴 리가……. 나도 악선전일 거라 생각하고 안 믿고 있었는데, 그 말 누구한테 들었어요?"

윤혁은 안색이 변하며 박동건에게로 다가앉았다.

"예, 막내아들이 소개해 준 어떤 진보 잡지 기자였어요. 그 잡지에서 진상 보도를 위해 만주로 취재를 갔었는데, 그 굶주림이 사실이라는 겁니다."

"허어 참, 그게 어느 정도라고 그래요?"

윤혁은 양쪽 눈꼬리에 깊은 주름이 잡히도록 눈을 감았다 떴다. 현기증이 머릿속을 꿰뚫고 지나갔기 때문이었다.

"예, 한마디로 말해서, 사태가 너무 심해 사실 그대로 보도를 해야 할지 어쩔지 고민 중이라고 했어요. 굶주리기만 하는 게 아니라 굶어 죽는 사람들도 있는 판이라니까요."

"허어, 이런……!"

윤혁의 입에서 탄식이 터져나왔다.

"어쩌다가 그 지경이 됐을까요. 이런 꼴 보려고 우리가 평생 그 고생을 한 겁니까. 기가 막혀요, 쏘련이 무너진 것보다 더 기가 막혀요."

속을 다 토해내는 것처럼 뭉텅이 진 박동건의 한숨은 진하고 길었다.

"……그렇다면, 만약 그렇다면……, 우린 헛산 것이오."

윤혁은 울먹이듯이 말하고 있었다. 정말 그건 소련이 무너진 것보다도 더 큰 충격이었다. 인민들이 굶주림에 허덕이고, 굶어 죽어가는 사람들조차 있다니……. 그건 그다지도 믿고 자랑스러워했던 사회주의 조국의 종말 현상이었다. 그는 가슴속에 드높이 쌓아올렸던 의지의 성이 걷잡을 수 없이 무너져 내리는 굉음을 듣고 있었다.

"쏘련이 망하고, 태산같이 믿었던 조국마저 그 지경이 되고……, 이제 우린 다 끝장났어요. 빈 주먹이고, 미친 짓……, 그래요. 미친 짓 한 거지요."

박동건은 주먹으로 눈을 훔쳤다.

"이게 꿈인지 생시인지 원……."

윤혁은 어지럼증에 시달리며 목이 메도록 눈물을 삼키고 있었다. 그 어지럼증은 감옥에서 얻은 병이었다. 그 병은 날이 갈수록 심해져 끝내 전향서를 쓰게 하는 데까지 이르렀다. 떡공이들의 폭력은 이겨냈는데 그 어지럼증은 이겨낼 수가 없었다. 그런데 출옥을 하고 나서 감쪽같이 자취를 감추었던 그 증상이 느닷없이 나타나 머리를 들쑤셔대고 있었다.

절망이 커지면 묵언이 되는가. 그들은 말 없는 가운데 헤어졌다.

그런데 서너 달이 지나 박동건의 변괴 소식이 날아들었다.

"아버지가 뇌졸중으로 쓰러지셨습니다. 선생님을 뵙고 싶어 하십니다."

그의 막내아들이었다.

결국 그리되었는가……. 윤혁은 슬펐을 뿐 놀라지는 않았다. 좀 급한 편인 성질이 그를 옭아맨 모양이었다.

박동건은 변두리 병원의 6인실 병실 구석에 버려진 듯 누워 있었다. 한눈에 보아도 중증인데 간호하는 사람이 없어서 버려진 것처럼 느껴졌다. 왼쪽 수족은 완전히 마비되어 있었고, 오른쪽 손도 힘겹게 움직이는 형편이었다. 입은 반쯤 헤벌어져 있었고, 눈도 사람을 알아볼 수 있을까 싶게 초점이 흐려져 있었다. 건강했을 때의 모습은 간데없이 사라지고 없었다. 그는 키가 큰 미남이었다. 병신, 그 인물이 아깝다. 좆이라고 빨갱이질 했냐. 빨갱이질 하지 않았더라면 그 덩치에 그 인물에, 한가락 톡톡히 했을 거 아니냐. 떡공이들이 맘껏 두들겨 패며 비아냥거린 말이었다.

"박 동⋯⋯."

윤혁은 말을 꿀꺽 삼켰다. 여기는 다른 사람들이 바로 옆에 있는 병원이었다. '동지'란 단둘이 있을 때만 쓸 수 있는 호칭이었다. '동무'라는 호칭은 아예 안 되지만, '동지'라는 말도 남들의 눈초리를 끄는 호칭이었다.

"이봐요, 나요, 나. 나 윤혁이오. 나 알아보겠소?"

윤혁은 얼굴을 박동건의 눈앞에 디밀며 볼을 가만가만 자극했다.

"어⋯⋯, 어⋯⋯."

초점 흐린 박동건의 눈동자가 움직이면서 입에서 흘러나온 소리였다.

"어⋯⋯, 어⋯⋯."

그의 입에서는 이 소리밖에 나오지 않는데, 눈에서는 눈물이 주르륵 흘러내리고 있었다. 혀보다는 눈의 반응이 더 정확했다. 그의 눈물을 보자 윤혁도 울컥 눈물이 솟구쳤다. 그렇게 줄지어 흐르는 그의 눈물은 처음 보는 것이었다.

"어……, 어……."

그는 무슨 말인가를 하려고 애쓰고 있었다. 그러나 굳어진 혀는 전혀 말을 만들어내지 못했다.

"됐어요, 됐어요. 힘드는데 가만있어요."

윤혁은 박동건의 오른손을 잡으며 만류했다. 박동건도 손을 마주 잡아 오기는 했지만, 그 손에는 힘이 하나도 없었다. 그리고 손이 뜻밖에도 차가웠다. 윤혁은 문득 그가 얼마 남지 않았다는 것을 느꼈고, 이런 혀로 어떻게 자신을 만나고 싶다는 의사를 전할 수 있었는지 의아했다.

그때 윤혁은 박동건의 손가락이 자신의 손바닥을 긁는 것을 느꼈다.

"왜, 뭐요?"

윤혁은 그 느낌이 이상해서 박동건에게 얼른 눈길을 돌렸다.

"어……, 어……."

박동건은 무슨 말을 하려고 아까보다 더 애쓰며 연신 손바닥을 긁었다.

"뭘 쓰겠다고? 그래요?"

"으……, 으……."

입에서 다른 소리가 흘러나오며 박동건은 보일 듯 말 듯 고개를 끄덕였다. 윤혁은 그때서야 그의 입에서 흘러나온 '으……, 으……'가 '응, 웅'이라고 깨달았다.

"알았어요. 자아, 써봐요."

윤혁은 손바닥을 쫙 펴서 그의 검지 끝에 대주었다.

박동건의 검지는 곧게 펴지지 않았다. 힘없이 구부러진 그의 손가락은 아직 미성숙한 젖먹이들의 손가락처럼 둔하고 어설퍼 보였다. 그런 손가락으로 박동건은 무슨 글씨인가를 그려내려 하고 있었다. 윤혁은 온 신경을 그 손가락 끝에 집중시켰다.

박동건의 손가락이 떨리며 가까스로 그려낸 글씨는 '나'였다.

"나, 맞소?"

윤혁은 목소리를 좀 키우며 박동건을 쳐다보았다. 그가 희미하게 웃음을 지었다. 윤혁은 그 웃음이 그렇게 안쓰럽고 슬플 수가 없었다.

두 번째 글씨는 획이 많았다. 윤혁은 더 눈을 부릅떴다.

"전, 맞소?"

박동건의 입 언저리는 다시 웃음을 지어냈다. 그런데 글씨 그려내는 일마저 힘이 드는지 숨쉬는 게 거북해 보였다.

세 번째 글씨도 간단하지 않았다. 획 하나하나를 따라가다가 '햐'를 읽어낸 순간 윤혁은 머리를 치는 충격에 부딪혔다.

그리고 세 글자가 선명하게 떠올랐다. 전향서!

윤혁은 그가 무슨 말을 하고 싶어하는지 직감적으로 깨달았다.

"이건 '향'이지요, 그렇지요?"

떨리는 손가락이 다음 획을 그려나가려고 할 때에 윤혁은 물었다.

"어……, 어…….."

박동건이 놀라는 기색을 드러냈다.

"전향서, 그거 박 동지는 안 쓴 거라는 말을 하려는 거지요?"

윤혁은 박동건의 귀에다 입을 바짝 대고 낮은 소리지만 천천히, 또박또박 말했다.

"으……, 으…….."

이런 소리와 함께 박동건의 눈에서는 또 눈물이 주르륵 흘러내리고 있었다.

"알아요, 다 알아요. 강제로 그렇게 된 것, 아니 거짓말로, 그게 아니고, 그걸 뭐라고 해야 되나, 그래요, 그놈들이 가짜로 만든 것 다 알아요. 박 동지가 꺾이지 않고, 항복하지 않았다는 것도 다 알아요. 설령 박 동지를 오해하고 멸시하는 사람들이 있어도 그건 그 사람들 잘못이에요. 박 동지의 진심은 하늘이 다 알고 있잖아요. 박 동지 양심으로 당당하면 되는 거예요. 박 동지에 비하면 정작 못나고 비겁한 건 나지요. 얼마나 정신력이 약했으면 정신질환에 걸리고, 그걸 못 이겨 비몽사몽간에 손도장을 누르고 말았으니. 나 같은 놈도 사니까, 그 일 다 잊어버려요."

윤혁은 박동건을 끌어안고 절절한 심정으로 귓속말을 해나 갔다.

응답이라도 하는 것처럼 박동건은 하염없이 눈물을 흘리고 있었다. 그의 눈물은 맺히고 얽힌 게 많고 많은 눈물이었다. 평생을 쫓기고 당하고 짓밟혀온 통한이 사무쳐 흐르는 눈물이었다. 그리고 평생을 바친 보람은 아무것도 없이 손아귀는 텅 비어 있었고, 이제 그것도 모자라 눈앞에 죽음의 그림자가 닥쳐와 있는 것이 아닌가. 박동건의 눈물을 보며 윤혁은 가슴이 미어지는 속에서 자신의 한평생이 빠르게 스쳐 지나가는 것을 보고 있었다.

박동건이 생명이 위험할지도 모르는 중태에 빠져서도 전향의 문제에서 벗어나지 못하는 것은 어찌할 수 없는 강박감이었다. 그건 모든 전향자들이 공통적으로 갖는 죄의식이기도 했다. 그건 분명 견딜 수 없는 폭행에 의한 강제 전향이었음에도 패배감과 죄책감을 상처로 남기고 있었다. 왜냐하면 지극히 소수이기는 했지만, 비전향자들이 엄연히 있었기 때문이다. 비전향자들 앞에서 전향자들은 나약한 자, 비겁자, 패배자, 혁명의 배신자가 될 수밖에 없었다. 전향자들은 비전향자들 앞에서 고개를 들 수가 없었고, 비전향자들은 전향자들을 냉정하게 외면했다.

그런데 박동건은 너무나 억울하게 전향자가 되었던 것이다. 두 떡공이한테 온몸에 가지색 피멍이 들도록 몽둥이찜질을 당한 다음에 배에 물을 채우는 물고문을 당하다가 까무러치고 말았다. 그러자 떡공이들은 그 틈을 타 박동건의 손가락에 인주를 묻히고 전향서에 손도장을 눌러버렸던 것이다. 정신이 깨어난 박동건은 조작이라고, 사기라고 외쳐댔지만 감옥에는 그의 절규를 들어줄 귀가 없었다. 그에게는 특별 감시가 따라붙어 자살할 기회도 주어지지 않았다. 그러나 그 억울함을 몰라주기는 비전향자들도 교도관들과 다를 게 없었다.

"누구세요?"

한 젊은 여자가 서 있었다.

"아 예, 친굽니다. 윤혁이라고 합니다."

윤혁은 딸이거나 막내며느리일 거라고 생각하며 눈인사를 보냈다.

"네."

짧게 대답하며 여자는 물러서는 듯 주춤했다. 그 몸짓과 함께 얼굴에는 차가운 거부감이 드러났다.

아, 내가 누군지 알고 있구나.

여자는 예의가 없는 것이 아니었다. 빨갱이를 싫어하고 있었다. 그런 냉대나 거부는 너무 많이 당해와 윤혁은 그 기색을 알아채는 데는 속빨랐다. 수많은 눈빛들 속에서 감시자나 미행자의 눈초리를 정확하게 식별해 내는 것처럼.

"중환자 간호하느라 고생이 많으십니다. 이거 얼마 안 되지만 치료비에 보태세요."

옹색스러움을 면할 겸 윤혁은 속주머니에서 꺼낸 봉투를 내밀었다.

"아니, 이런 걸……."

여자는 또 주춤하더니 봉투를 받았다. 그러나 이번의 주춤은 아까의 주춤과는 달랐다.

"저어, 막내아드님 연락받고 왔습니다. 그 양반은 언제 오는지요."

윤혁은 여자의 눈치를 곁눈질하며 어렵사리 말을 꺼냈다.

"네, 남편은 직장 때문에 이따가 저녁에나 옵니다."

"예에, 직장에 지장을 줘서는 안 되지요. 예에……."

윤혁은 뒤따라 나오려는 말을 황급히 목구멍으로 밀어넣었다. 주책없게도, 고생이 되더라도 병간호 잘 해달라는 말을 하고 싶었던 것이다. 그건 자신의 마음일 뿐 박동건에게 아무 도움도 안 되고, 며느리에게 먹혀들 말도 아니었다. 박동건은 며느리에게 정성스러운 간호를 받을 수 있는 아무런 조건도 갖추지 못한 처지였다. 시아버지로서 힘을 발휘하려면 며느리가 군침을 흘릴 만큼 돈이 있어야 하고, 그것이 없으면 명예라도 있어야 할 것이다. 그러나 박동건은 무일푼에다가 명예는커녕 불명예의 덩어리일 뿐이었다.

"부군 오시거든 못 보고 갔다고 전해주시오. 내 갈 길이 멀어서……."

윤혁은 며느리에게 말하고 박동건에게로 돌아섰다. 막내아들이 올 저녁때까지는 아직 멀었고, 막상 그를 만난다 해도 딱히 할 얘기도 없었던 것이다. 어쩌면 박동건이 저렇게 된 것은 막내아들보다 자신이 더 잘 알고 있을지도 몰랐다.

"나 그만 가야겠소. 맘 굳게 먹어요. 곧 또 오리다."

윤혁은 박동건의 손을 잡으며 큰 소리로 말했다.

"어……, 어……."

박동건은 허둥대듯 윤혁의 손을 맞잡았다. 그의 눈에서는 또 눈물이 흘러내리고 있었다.

남자의 눈에서도 저렇게 많은 눈물이 흐르는구나……. 윤혁은 또 박동건을 물끄러미 바라보았다. 한없이 초라하고 볼품없는 박동건의 모습은 죽음의 문 앞에 선 불쌍하고 가련한 한 늙은이의 모습일 뿐이었다. 이렇게 죽어가려고……. 윤혁은 그의 모습에서 자신의 모습을 보고 있었다. 거울에 환히 비친 것처럼 그 실감은 어느 때보다도 절실했다.

아니야, 저 사람은 그래도 나보다 나아. 처자식에게 괄시와 냉대를 받기는 했지만 결혼을 일찍 한 덕에 자식들 앞에서 죽어갈 수는 있잖아. 헌데, 내 시체는 누가 치워준다지…….

윤혁은 병원을 나서며 이 생각에 휘감기고 있었다. 전에는 해보지 않던 생각이었다. 아니, 일부러 피해온 생각이었는지도 모른다.

그 생각과 함께 아내의 얼굴이 떠올랐다. 아내의 얼굴은 변함없이 스물다섯 꽃다운 모습이었다. 그리고 또 다른 아내의 모습은 소리 없이 우는 얼굴이었다.

"임무 완수하고 꼭 돌아오세요. 당신은 잘할 거예요. 당신을 믿어요."

아내는 이 말을 하면서 웃으려고 애썼다. 아내의 얼굴은 웃음을 짓고, 눈은 울고 있었다. 아내는 울지 않으려는 듯 손수건으로 눈물을 닦고 또 닦았지만 눈물은 줄지어 흘러내렸다. 그 눈물을 보면서 마음이 심하게 흔들렸다. 아내와 어딘가로 도망치고 싶은 충동, 그런 동요는 운동에 몸담고 처음 겪는 일이었다. 그 마음의 흔들림을 아내에게도 표하지 못하고 떠나왔고, 여태껏 가슴에 깊이 묻어온 수십 년의 비밀이었다. 그런 마음을 아내에게 드러냈더라도 결코 환영받지 못했을 것이다. 오히려 나약한 남자, 당성 약한 인간으로 불신당하기 쉬웠다. 그때는 그렇게 치열하고 열정 뜨거운 시대였다. 아내가 눈으로는 눈물을 흘리면서도 얼굴은 웃을 수 있었던 것이 그 시대의 표상이었다. 아내의 눈물은 여자의 마음이었고, 웃고 있는 얼굴은 당성의 견고함이었다. 아내는 여고생의 몸으로 후퇴하는 인민군을 따라 북행길을 감행한 여자였다.

박동건은 예상보다 빠르게 떠나갔다. 가야지 가야지 하면서 두 번을 가보기 전에 이승의 짐을 싸버린 것이다.

그래, 잘됐어. 어차피 가야 할 것, 더 천덕꾸러기 되기 전에 잘 갔어. 그래도 그 복 하나는 타고난 모양이구먼…….

윤혁은 낙엽을 밟으며 공원을 나섰다. 몸살기가 이는 것처럼 찬바람이 으슬으슬 일면서 몸이 그지없이 무거웠다.

빈소는 그의 병들었던 몸처럼 초라했다. 변두리 병원의 영안실이 협소하고 낡은 탓만이 아니었다. 다른 두 곳의 영안실에 비해 문상객이 전혀 없었던 것이다. 문상객 없는 빈소의 휭뎅그렁한 을씨년스러움이라니, 잡초 헝클어진 주인 없는 무덤의 적막감과 괴기스러움 그대로였다. 그건 버려지고 외로웠던 박동건의 생전의 삶 그대로였다.

그래도 자식들이 있는데, 하는 생각이 들었지만 윤혁은 이내 그 생각이 빗나갔음을 깨달았다. 자식들에게 외면당한 아버지였다. 자식들이 감추고 싶어했던 아버지였다. 그러니 자식들의 친구들이 빈소를 찾을 리 없었다.

빈소를 지키고 선 상제는 달랑 막내아들 하나뿐이었다. 박동건의 사진은 평소와 다름없이 침울하고 그늘지고 쓸쓸하기 이를 데 없었다. 확대한 사진이 흐려서 더 그런 느낌이기도 했다.

이 사람아……, 이 사람아……, 이 사람아…….

윤혁은 소리 내지 못하는 통곡 속에서 말이 막혀버렸다. 박동건의 사진이 점점 흐려지고 있었다.

"저기 어머니가 계신데 인사하시겠습니까?"

예를 갖추고 나자 막내아들이 말했다.

"그래요, 인사드려야지."

윤혁은 문득 고마움을 느끼며 대꾸했다. 큰아들의 모습을 볼 수 없는 것처럼 그 여인도 안 왔을지 모른다고 생각하고 있었기 때문이었다. 그 여인은 생전에 박동건에게 얼마나 매정하고 야속하게 했는지 모른다. 박동건은 다시 감옥으로 들어가고 싶어할 정도로 아내에게 많은 상처를 받았다.

"첨 뵙겠습니다. 윤혁이라고 합니다."

막내아들의 소개를 따라 윤혁은 인사를 했다.

"예."

아무 느낌도 담기지 않은 목소리로 대꾸한 여인은 아들에게 눈길을 보내는가 싶더니 고개를 떨구어버렸다.

"죄송합니다. 저, 저쪽으로 가시지요. 저어……, 이해해 주십시오. 어머니가 워낙 많이 당하셔서. 여기도 억지로 끌어낸……, 아니 모셔온 겁니다."

막내아들은 윤혁의 손을 끌며 허둥지둥 말하고 있었다.

윤혁은 기분 나쁠 것 없이 그저 무덤덤했다. 술 취한 박동건에게 푸념을 많이 들어온 까닭이었다. 그 여인이 그렇게 된 것은, 그 여인의 입장에서 보면 분명 박동건의 죄였다. 그리고 박동건이 예수를 믿어야만 받아들일 수 있다는 조건을 내건 것도 그 여인으로서는 당연한 일일 수도 있었다.

"저, 정말 죄송합니다. 이거 정말……, 어머니가 저러실 줄 모르고……."

막내아들은 소주를 따르며 말을 더듬거릴 정도로 미안해했다.

"아니, 아니, 내 다 이해해요. 자당님 입장도 이해하고, 춘부장님 입장도 이해해요. 그러니까 양쪽 다 타당해요. 그리 복잡한 게 우리네 인생살이 아니겠소."

윤혁은 소주잔을 들며 따스한 눈길로 막내아들을 쓰다듬었다.

"예에, 저도 두 분을 화해시켜 보려고 애를 많이 써봤지만 아무 소용이 없었습니다. 어머니 편에 서서 보면 어머니가 맞고, 아버지 편에 서서 보면 아버지가 옳고, 저는 어느 편도 들수가 없어서 결국 포기하고 말았습니다. 그게 뭐 대단한 일도 아니고, 서로 한 발씩 양보하면 풀리고 말 일인데……, 두 분고집에 저는 질려버렸습니다. 그런데 그 일로 한 가지 깨달은 사실이 있습니다. 6·25 때 말입니다, 같은 민족으로서 어떻게 그렇게 지독하게 죽고 죽이고 했다는 것인지 이해할 수가 없었고, 풀리지 않는 의문이었습니다. 그런데 어머니 아버지의 대결을 보니까, 예, 그건 한 치의 양보도 없는 대결이었는데, 자식을 셋씩이나 낳고 산 부부가 저럴 때 남남인 경우 전쟁통에 충분히 그럴 수 있었겠구나 하는 생각이 들었습니다."

"그래, 그거 옳게 짚었소."

윤혁은 소주를 입 안에 머금은 채 고개를 끄덕끄덕하고 있었다. 박동건을 닮은 것인지 막내아들은 총명했다. 종교든 이념이든 관념이었다. 그런데 그 관념이 현실성을 획득하면 충돌을 면치 못했다. 그 현실성이라는 것이 인간의 행동이기 때문이었다. 그런데 인간 행동의 극한 상태가 전쟁이었다. 그 전쟁의 힘을 빌리면 두 관념의 충돌은 광적인 활화산이 될 수밖에 없었다. 종교란 인간의 정신을 병들게 하기 때문에 마르크스는 일체의 종교를 인정하지 않았고, 하나님을 유일신으로 내세우는 예수교인들로서는 신을 부정해 버리는 공산주의 무리들은 사탄일 수밖에 없었다. 그 용납할 수 없는 충돌이 박동건 부부가 끝끝내 화합하지 못한 뿌리였다.

윤혁은 막내아들과 술을 주거니 받거니 했다. 문상객이 없으니 막내아들은 상제 노릇을 할 게 없었고, 윤혁 자신은 장례를 끝까지 지킬 심산으로 집을 나선 몸이었다.

윤혁은 가끔씩 미망인에게 눈길이 끌리고는 했다. 조그맣게 쪼그리고 앉은 그 여인은 상복도 입지 않고 있었다. 그 입성에서는 궁색함이 내비치고 있었다. 아들에게 억지로 끌려왔기 때문에 상복을 안 입은 것 같지는 않았다. 사는 것도 어려운데 마음도 내키지 않으니까 굳이 돈 써가며 상복을 사 입지 않은 게 아닌가 싶었다. 주름투성이의 거친 여인의 얼굴은 가난기 흐르는 입성보다 더 궁하고 찌들어 보였다. 더는 주름이 잡힐 데가 없을 지경으로 쪼글쪼글한 얼굴은 지난날 겪어온 고생이 얼마나 극심했는지를 비춰주는 거울이었다. 여자가 겪어낸 간난신고는 얼굴하고 손에 그려진다는 옛말이 있었다. 시집와서 꽃 피는 날을 한 번도 보지 못했을 여인이 한없이 가련하고 애처로워 윤혁은 가슴이 아렸다.

　"선생님, 저는 살인 죄인입니다."

　술기운 퍼진 얼굴로 막내아들이 불쑥 말했다.

　"무슨……?"

　윤혁은 소주잔을 입으로 가져가다 말고 막내아들을 쳐다보았다.

　"제가 아버지를 돌아가시게 했으니까요."

　막내아들의 목소리는 얼굴처럼 무척 침통했다.

　"무슨 일이 있었던가?"

　윤혁은 이미 무슨 일인지 다 헤아리고 있었다. 그러나 박동건이 막내아들의 소개로 어느 잡지사 기자를 만났다는 것을 전혀 모르는 척했다. 상제의 가슴에 맺힌 사연을 들어주는 것도 문상객이 할 일이었고, 그런 만남이 이루어진 전후 사정이 궁금하기도 했다.

"예, 저는 순전히 아버지 어머니 사이가 좋아지게 하려고 시도했던 일인데, 결과는 엉뚱하게 아버지가 돌아가시는 쪽으로 틀어지고 말았습니다. 그러니까 저어, 선생님도 아시다시피 저희 아버지 어머니는 서로 앙숙, 아니 유식한 말로 견원지간 아니었습니까. 그 나쁜 관계를 풀려면 아무나 한쪽이 자기 입장을 버리고 백기를 드는 것 아니겠습니까. 그런데 그 기회가 온 것입니다. 쏘련 붕괴가 그것이었지요. 그래서 제가 아버지께 매달렸습니다. 보세요, 쏘련이 무너졌습니다. 쏘련이 무너졌으니 이 지구상에서 공산주의는 끝장난 것 아닙니까. 그러니까 아버지도 이제 그만 그 생각 깨끗이 버리고 어머니가 하자는 대로 따라가면서 집안이 좀 편케 살아보십시다, 하고 빌다시피 했습니다. 헌데, 아버지가 뭐라는지 아십니까. 무너진 건 쏘련이지 주체조국은 난공불락, 승승장구, 영구불멸이라는 것이었습니다. 기가 막혀, 전혀 말이 통하지 않아 설득을 포기하고 말았습니다. 그런데 두 번째 기회가 왔습니다. 제 선배가 북한의 굶주리는 실상을 취재해 가지고 온 것입니다. 아버지의 동의를 얻어 그 선배를 소개했습니다. 아버지는 그 선배가 일하고 있는 진보 잡지는 믿었으니까요. 그때까지만 해도 아버지는 북쪽 사람들이 굶주리고 있다는 소문을 전혀 믿지 않았고, 그런 기사가 신문에 나도 악선전이라고 고집하고 있었습니다. 그런데 그 선배한테 북의 참상을 자세하게 다 듣게 되었습니다. 그런 다음 아버지는 갑자기 변하고 말았습니다. 아닙니다, 쏘련이 무너지고 나서 약간 기가 꺾이고 기운이 빠진 것 같은 느낌이었는데, 그 선배를 만나고 나서는 완전히 탈진한 것 같았고 정신까지 멍해진 것처럼 보였습니다. 그러더니 얼마 못 가 쓰러지신 겁니다. 그러니 제가 둘도 없는 불효잡니다."

막내아들은 손등으로 눈을 훔쳤다.

"그건 아닐세. 알 것은 바르게 알아야지."

"예, 저도 그런 생각으로 선배를 소개했던 거고, 아버지가 사실을 사실대로 알아 아버지가 사로잡혀 있는 환상에서 깨어나기를 바랐습니다. 근데 아버지는 실상을 알고 환상에서 깨어나자 쓰러져 결국 어머니하고는 앙숙인 채로 돌아가시고 말았습니다. 저는 아버지를 도무지 이해할 수가 없습니다. 전향을 했으면 전향한 사람답게 새 마음 새 뜻으로 새롭게 살아야 할 텐데 어쩌자고 사회주의에 대한 환상을 버리지 않고 어머니를 괴롭혔는지 모릅니다. 아닙니다, 그건 환상이 아니라 망상이었습니다. 그런 망상을 버리지 못할 바에는 전향은 뭐 하러 했습니까. 정말 이해가 안 갑니다."

막내아들은 울먹이듯 하다가 술잔을 단숨에 비웠다.

아니라네. 자네 아버지는 전향을 한 게 아니라네.

"그래, 그래……."

윤혁은 그 말을 차마 하지 못하고 '그래, 그래'에 맞추어 고개만 주억거렸다.

"어떤 사람은 어머니보고 너무한다고 하기도 했지만, 어머니 입장에서 보면 어머니가 이해 안 되는 것도 아닙니다. 어머니가 평생 겪은 고생은 말로 다 할 수가 없습니다. 전쟁통에 아버지는 북쪽으로 가버리고, 어머니 혼자서 세 자식을 키웠습니다. 어머니의 고생은 전쟁이 끝나는 것으로 끝나지 않았습니다. 전쟁이 끝나자 연좌제가 어머니를 기다리고 있었습니다. 어머니는 자식들을 키우려고 온갖 험한 일을 다 해가며 연좌제 때문에 시도 때도 없이 아무 때나 끌려가 폭행당하며 시달렸습니다. 근데 그놈의 연좌제는 어머니한테만 씌워진 게 아니었습니다. 형은 그것 때문에 일생을 망쳐버렸습니다. 어머니는 고생고생 해가며 형을 상업고등학교까지 공부시켰는데, 그놈의 연좌제에 막혀 아무 데도 취직이 되지 않았습니다. 형은 기를 쓰고 공부해서 주산 몇 단을 땄는데, 그 좋은 실력이 아무짝에도 쓸모가 없게 된 것입니다. 형만 못한 친구들은 은행 지점장이 되는 판인데 형은 막노동꾼으로 공사판을 떠돌아다녀야 했습니다. 형이 이 자리까지 외면하고 만 것을 나쁘다고 할 수가 없습니다. 근데 형만 그리된 것이 아닙니다. 시집간 누나는 뒤늦게 간첩의 딸이라는 게 밝혀져 이혼을 당하고 말았습니다. 그 시댁에 6·25 때 전사한 사람이 둘이나 있었습니다. 이혼당한 누나는 자살을 했습니다. 어머니는 그런 몸고생 마음고생 다 겪고 살았는데, 아버지가 전향하고 나오자 그 지긋지긋한 공산주의 사상 말끔히 씻고 새 사람으로 살기를 바랐습니다. 그래서 예수교를 믿자고 한 것입니다. 예수는 혼자 살아온 어머니를 지탱해 준 힘이었고, 교회의 이런저런 도움도 적잖이 받고 살았거든요. 이해가 되십니까?"

막내아들은 고개를 쑥 빼서 윤혁을 말끄러미 쳐다보았다.

"그래, 그래……."

무슨 대꾸를 할 것인가. 윤혁은 고개 끄떡거리는 자동인형이 되고 있었다. 박동건은 그런 사연 많은 집안 이야기를 내비친 적이 없었다. 윤혁은 소리 없는 긴 한숨을 물었다.

"흥, 속 모르는 사람들은 저를 효자라고 하기도 합니다. 웃기는 얘기죠. 제가 형과 다른 건, 저는 형처럼 당하지 않았기 때문입니다. 세상이 변해가면서 연좌제도 차츰 느슨해진 것입니다. 저는 막내로 이 세상에 늦게 태어난 덕을 톡톡히 본 셈이지요. 저는 형 같은 원한이 없는 데다가, 남은 자식이라곤 저밖에 없으니 어쩌겠습니까. 함께 살 수밖에. 제가 아버지 같았으면 속마음은 어떻든지 간에 어머니한테 사과하는 뜻으로, 아니 남편으로서 마지막으로 봉사한다 셈 치고 어머니 말을 들어줬을 것 같아요. 안 그렇습니까?"

"그래, 그래……."

자네 아버지나 나나 그럴 수가 없는 사람들이라네. 애초에 그런 두 가지 마음을 품을 줄 모르는 위인들이었으니 혁명이라는 것에 나섰던 것이고, 그 혁명의 순결을 지키려고 30년 넘게 옥살이를 견뎌냈던 거네. 미안허이, 사람 마음이라는 게 뭔지…….

"어쨌거나 아버지도 딱하고 어머니도 딱해요. 뭐가 뭔지 모르겠지만, 이젠 다 끝났어요, 다 끝났어요."

막내아들은 '이젠 다 끝났어요, 다 끝났어요'를 큰 소리로 외치듯 하며 비틀비틀 몸을 일으켰다.

윤혁은 그 소리를 '아 시원해, 아 시원해'로 듣고 있었다.

"허허, 나더러 예수를 믿으라는 거요. 진심으로 예수를 받들어야만 가장으로 받아들일 수 있다니 원. 그게 도대체 말이나 될 법한 소리요, 순 악처지. 허나, 그뿐이 아니오. 내가 말을 안 들으니까 글쎄 집을 팔아서 나를 막내아들하고 묶어 놓고 자기는 혼자 따로 나가버렸어요. 세상에 이런 악처 중에 악처가 어디 또 있겠소. 여편네라고 없느니만 못하니 원."

이런 박동건의 말만 들을 때는 그의 아내가 너무 지나치다

싫지 않았던가.

인간사란……, 윤혁은 착잡하기 그지없는 심정으로 여인에게서 눈길을 떼지 못했다. 박동건은 없느니만 못한 여편네라고 했지만, 박동건이야말로 없느니만 못한 남편이 아니었을까……. 어쩌면 여인은 박동건이 감옥에서 풀려날 때 보호자로 나섰던 것만으로도 아내 노릇을 충실히 한 것이 아니었을까. 여인은 전향을 해서 출감하는 남편을 맞이해 새 삶을 꾸릴 마음가짐이 오롯했을 것이다. 그런 마음이 없었다면 아예 보호자로 나서지도 않았을 것이다. 아무래도 탈을 만든 건 박동건의 잘못된 전향이었다.

"처자식이 있는 게 얼마나 다행이오 그래."

출감하기 직전에 박동건은 이렇듯 굳이 속마음을 감추려하지 않았다. 무의탁자나 무연고자들은 갱생보호소에 1년 동안 수감하도록 되어 있었다. 갱생보호소는 감옥이나 다를 게 없다고 소문나 있었다. 북쪽 출신들은 거의 다 그곳에서 사회 적응력을 길러야 했고, 남쪽 출신들도 더러는 그곳으로 가기도 했다. 연고자들이 다 세상을 떠나버렸거나, 먼 일가붙이들에게 외면당한 사람들이었다. 그러나 갱생보호소행을 면하게 된 박동건의 행복감은 오래가지 못한 것이다.

화장실(火葬室)로 들어간 박동건은 한 시간이 다 못 되어 허연 뼈 조각들로 나왔다. 유리창을 통해 무슨 잔해처럼 흩어져 있는 그 뼈들을 보는 순간 윤혁은 헉 울음이 복받치면서 통곡이 터져나오려고 했다.

박 동지! 박 동지!

그는 통곡을 억누르려고 어금니를 맞물며 떨었다. 사람이 결국 저렇게 되고 마는가! 흩어진 뼈에는 아무런 무게감도 색채감도 없었다. 아무 쓸모 없는 쓰레기처럼 흩어져 있는 뼈들은 덧없는 허망감만 자아내고 있었다. 그 깊고 사무치는 허망감이 일으키는 감정의 소용돌이는 갑작스럽고도 격했다. 연방 눈물을 삼켰지만 자꾸 눈앞이 흐려지다가 뼈들이 보이지 않게 되었다.

이게 뭔가……, 이게 뭐란 말인가…….

윤혁은 눈물과 함께 이 자문을 씹고 또 씹었다.

유리창 저쪽에서 유골함에 뼛가루가 담기는 것을 윤혁은 망연히 바라보고 있었다. 한바탕 가슴을 흔들었던 격정이 가라앉자 마음은 썰물 진 뻘밭처럼 텅 비어 있었다. 그는 그제야 견디기 어렵게 밀려들던 허망감이 단순한 슬픔이 아니라는 것을 느끼고 있었다. 그건 박동건을 데려간 그 두 가지 절망에 대한 분노이고 항변이기도 했다.

"유골은 어찌할 건가?"

당연히 남들 눈을 피해 아무 데나 뿌려버릴 것을 알면서도 윤혁은 마지막 예를 차려야 한다고 생각해 물었다.

"예, 납골당에 모시기로 했습니다."

"납골당에?"

너무 뜻밖이라 윤혁은 놀란 기색이 드러난 얼굴로 어떻게 된 일이냐고 묻고 있었다.

"예, 어머니가 아침에 갑자기 그렇게 결정했습니다. 혹시 형이 마음을 돌릴지도 모른다고 하시면서요."

윤혁은 그만 가슴이 먹먹해졌다. 그는 마음과는 달리 뒤따라오고 있는 여인을 돌아볼 수가 없었다.

유족과 헤어져 혼자 걷는 길에 낙엽들이 가슴을 때리듯 지고 있었다. 그 잎잎이 박동건의 걸음걸음인 것만 같아 윤혁은 그것들을 피해 발을 옮겨놓으려고 애쓰고 있었다.

박 동지, 이만하면 되지 않았소. 그만 훌훌 털고 떠나가시오. 박 동지 말마따나 우린 헛살았는지도 모르겠소. 그렇더라도 이제 어쩌겠소. 인생살이 빈손인 거야 어디 우리뿐이오. 참으로 인생사는 수수께끼투성이요.

"선생님, 후회하지 않으신다고요? 예, 그러니까 당당하게 쓰십시오. 잘 아시지 않습니까. 기록이 없으면 인간사도 역사도 존재할 수 없는 것 아닙니까. 꼭 쓰셔야 합니다."

불현듯 강민규의 말이 떠올랐다. 박동건의 죽음이 남겨놓고 간 공허감이 유발하는 자극이었다.

2. 두 송이 꽃

　윤혁은 어지럼증에 부대끼며 밤새껏 악몽 속을 헤매었다. 박동건이 전신에 피를 흘리며 운동장에 가득 찬 인민들에게 돌팔매질을 당하고 있었고, 자신은 험한 산속에서 국군이 아닌 인민군에게 쫓기다 쫓기다 낭떠러지에서 까마득하게 떨어져 내렸고, 검정 치마저고리에 하얀 머리를 풀어헤친 어머니가 자꾸 어서 오라고 손짓하며 뒷걸음질 치는 자신에게로 한사코 다가서고 있었고, 옷이 갈가리 찢긴 아내가 불한당들에게 강간을 당하고 있었고……, 끝없이 이어지는 악몽은 감옥에서 정신신경증을 심하게 앓을 때처럼 험악스러웠다. 악몽에서 벗어나려고 몸부림치다가 가까스로 잠이 깨고는 했다.

악몽에 휘말리지 않으려면 잠을 자지 말아야 했다. 책상으로 옮겨 앉아 책을 펴들었다. 그러나 늙은 육신은 전날 밤을 꼬박 새우고 화장터까지 다녀온 피곤을 이겨내지 못하고 잠에 허물어지고는 했다. 그때마다 악몽은 험상궂은 얼굴로 덮쳐왔다.

날이 밝았지만 윤혁은 몸을 일으킬 수가 없었다. 어지럼증만 몸을 휘돌리고 맴돌이질시키는 것이 아니었다. 등짝이 조각조각 깨지고 바스러지는 것 같은가 하면, 손가락 하나 꼼지락할 수 없을 지경으로 기운이 어디로 다 빠져나가고 없었다.

이거 몸살을 앓아도 크게 앓을 모양일세. 그 사람이 떠난 게 이다지도 상심이 큰 겐가…….

윤혁은 쓰라림과 서러움과 회한의 안개로 가득한 자신의 가슴을 어루만지고 있었다. 그 공포스러운 어지럼증이 다시금 찾아온 것은 출감하고 나서 처음이었다. 사실 박동건과 자신은 서로 마음을 의지하고 부축했던 유일한 대상이었고, 그의 죽음은 바로 자신의 죽음이었다. 전향서에 손도장을 눌렀지만 결코 전향하지 않은 내심을 서로 믿었기에 힘겨운 세월 속에서 그나마 꿋꿋할 수 있었던 것이다. 그러나 부스러기 뼈로 남겨진 박동건의 죽음은 무슨 의미가 있는가. 평생을 바쳐온 이상이 자취 없이 사라져버린 상황 속에서 그 죽음은 참담한 패배의 허망이었고, 비참한 일생의 허무였다.

차라리 감옥에서 떡공이들에게 맞아 죽었어야 했다는 박동건의 말은 얼마나 절실한 것이었는가. 그렇게 죽어간 동지들은 이상의 무지개를 타고 저세상으로 갈 수 있었다. 그 죽음은 패배가 아니라 승리였고, 허무가 아니라 헌신이었다. 남쪽으로 침투할 때 이미 죽음은 두려운 것이 아니었고, 그렇게 죽음을 극복할 수 있었던 것은 이상의 실현을 꿈꾸었던 사상이 발휘한 힘이었다. 그 힘을 경찰도, 검사도, 판사도, 교도관도, 떡공이들도 이해하지 못했다. 그런데 그 이상의 성이 붕괴되어 버리고, 또 와해될 위기를 확인했으니……

윤혁은 가까스로 몸을 일으켜 주전자의 물을 한 모금 마셨다. 목이 찢어지는 것처럼 아프면서 어지럼증이 더 심해졌다.

그는 아이구, 아이구……, 신음을 물며 쓰러졌다. 그는 두 손으로 머리를 감싸며, 차라리 이대로 죽었으면……, 하고 생각했다.

"이봐요, 왜 속 썩이고 그래요."

컬컬한 목소리와 함께 방문이 벌컥 열렸다.

상대방이 누구인지 알아 윤혁은 눈을 꼭 감은 채 그대로 있었다.

"내 말 안 들려요! 언제 왔어요?"

점퍼 차림의 남자 목소리는 더 우악스럽게 커졌다.

"예, 어젯밤 늦게 와서 보고를 할 수가 없었어요."

윤혁은 힘겹게 눈을 뜨며 몸을 일으키려 했다. 그러나 어지럼증이 새 파도를 일으키며 머리를 뒤흔들었다.

"약속을 했으면 지켜야지. 당신이 멋대로 굴면 내가 당하는 것 몰라요. 왜 하루 어겼어요?"

"죄송합니다, 김 형사님. 문상객이 하나도 없어서……."

"왜 뻔한 거짓말을 해요. 그 사람 가족이 있잖소. 그럼 친척들도 있었을 텐데."

"안 믿으셔도 좋은데……, 자식도 다 안 와서 하나뿐이었고, 친척이라곤 한 명도 볼 수 없었어요."

한 손으로 머리를 받쳐 잡은 윤혁은 힘들게 말을 이었다.

"그야 당연하잖소. 친척들한테 다 버림받은 거지. 그러게 누가 빨갱이질 하랬어. 친척들도 이젠 속 시원해졌을 것 아닌가."

김 형사는 자기 속도 시원하다는 듯 담배 연기를 후욱 내뿜었다.

윤혁은 그제서야 박동건의 친척들을 생각했다. 어쩌면 김 형사가 정곡을 찌른 것인지도 몰랐다. 박동건의 친척들은 그 사람 때문에 피해를 입었으면 입었지 덕을 본 일은 없었을 것이다. 큰아들이 외면한 죽음을 어느 친척인들 아파했을 것인가. 그런 속내를 다 아는 터라 막내아들은 아버지의 죽음을 아예 아무에게도 알리지 않았을지 모른다.

"기분이 어떻소?"

"......"

"내 말 안 들려!"

김 형사는 버럭 소리쳤다.

그는 보호관찰이라는 공무를 수행하는 중이었고, 그러므로 이쪽에서는 그의 어떤 질문에든 성심성의껏 답변해야 할 의무가 있을 뿐이었다. 그러나 윤혁은 어떻게 대답해야 할지 알 수가 없었다. 이런 때의 답변은 이러나저러나 트집 잡히거나 추궁당하기 일쑤였다.

"예, 그저 슬프고 허망하고 그렇지요. 사람 떠날 때 으레 느끼는 그런 기분 말입니다."

윤혁은 덫에 걸리지 않고 허방에 빠지지 않으려고 살얼음을 걸었다.

"체, 누가 산전수전 다 겪은 능구렁이 아니랄까 봐 얼렁뚱땅 아주 매끈하게 발라맞추는데 그래. 좋아, 당신 말대로 뭐 특별할 것 없이 그저 그런 기분이었다고 쳐. 그런 사람이 경찰과의 약속까지 어겨가며 밤샘을 하고, 그것도 모자라서 화장터까지 따라가? 다 늙어빠진 몸에 그렇게 무리하니까 이리 빌빌대는 것 아닌가. 내 말 틀렸어!"

김 형사는 어느새 취조할 때처럼 반말지거리를 하며 윤혁을 깔아보는 눈길로 포박하고 있었다.

윤혁은 가슴이 뜨끔했다. 김 형사는 그래도 경찰밥 헛먹지 않았다는 티를 내느라고 화장터에 간 것까지 꿰뚫고 있었다. 어제 해가 진 다음에 어둠을 밟고 돌아왔으니 그런 추리를 하는 건 기본일 수 있었다.

"예, 죄송합니다. 몇 안 되는 친구 중에 마지막 가는 길이라…….."

윤혁은 어지럼증을 무릅쓰며 고개까지 깊숙하게 숙여 보였다. 수사 관계자들을 오래 겪어온 경험으로는 그저 잘못했다고 자세를 낮추는 것이 상책이었다. 괜히 어설픈 변명을 하거나 비위 거슬리는 태도를 취해 그들의 개인 감정을 상하게 만들면 엉뚱한 덤터기를 쓰기 십상이었다. 취조 과정에서 폭행을 당할 때 지나치게 엄살을 부려도 매를 벌지만, 지나치게 참아내려 했다가는 틀림없이 폭행이 가혹해졌다. 그 참아내려는 행위가 마치 수사관과 맞서려 하거나, 또는 수사관의 힘이 약해서 아파하지 않는 것으로 오해를 사 그들의 개인 감정을 자극하기 때문이었다.

"어허, 또 어물어물 구렁이 담 넘어가는 식으로 때워 넘기려고 하지 마. 당신, 여기 떠날 때부터 그럴 작정 하고선 날 속인 것 아냐. 그럴 생각이었으면 미리 말을 했어야지, 날 속인 게 틀려먹었다, 그거야. 내가 그렇게 핫바지저고리로 우습게 보여!"

김 형사의 거친 말투에서는 바로 그 개인 감정이 묻어나고 있었다.

  덫에 치이기 직전이었다. 김 형사의 몰이는 능란했다. 빈소에 다녀오겠다고 하루 허가를 받을 때 이미 장례를 끝까지 다 지키려고 작정했었다. 그러나 마음먹은 것을 그대로 말했다가는 아예 퇴짜를 맞을 위험이 있었다. 보호관찰이란 담당자의 감시를 벗어나지 못하게 하는 제2의 감옥살이인 셈이었다.

  "심려를 끼쳐드려 정말 죄송합니다. 제 기분만 생각하고 그만 잘못을 저질렀습니다. 다시는 이런 일 없도록 하겠습니다."

  윤혁은 다시 머리를 조아렸다. 그건 곤경을 모면하려는 입바른 말만은 아니었다. 상대방의 입장에서 보면 화가 날 만도 한 일이었다. 만약 무슨 일이 생기면 감시를 소홀히 한 근무 태만으로 몰리게 되는 거였다.

  "나 이런 말 안 하고 될 수 있는 대로 좋게 살려고 하는데, 당신들이 이런 말 하게 만들잖아. 당신들은 도무지 믿을 수가 없어. 항상 아슬아슬하고 조마조마해서 마음을 놓을 수가 없다니까. 당신이 약속을 어기고 안 돌아온 하루 동안 난 어찌됐는지 알아? 이거 누구와 접선을 했나, 어떤 치들을 따라 북으로 도망질을 치지 않았나, 사람 피 마르고 혈압 올라 죽기 일보 직전이었다구. 당신들, 전향이라고 했지만 그 속을 어찌 알아. 그 전향이라는 게 앗싸리하고 시원한 게 아니잖아. 당신들, 속으로는 무슨 생각을 하고 있는지 알 수가 있어야지.

열 길 물 속은 알아도 한 길 사람 속은 모른다는 말은 딱 당신들을 두고 하는 말이라구. 안 그래?"

김 형사는 '앗싸리'라는 일본말까지 써가며 윤혁을 몰아세웠다. 그러나 화나고 험한 기색은 많이 풀려 있었다.

"죄송합니다. 다시는……."

윤혁은 또 머리를 조아리며 속으로는 씁쓰름하게 웃고 있었다. 전향자들의 마음을 믿지 않는 건 제대로 짚은 것이었지만, 전향자들이 누군가와 접선되어 북으로 내뺄지도 모른다는 것은 턱없이 헛짚은 것이기 때문이었다. 자발적으로 전향을 한 것은 더 말할 것 없고, 강제로 전향을 당했더라도 일단 전향서에 손도장을 누른 자들은 사상의 변절자였고, 혁명의 배반자였다. 전향 전에 죽은 자들은 혁명의 영웅이었고, 끝끝내 탄압을 이겨낸 비전향자들은 혁명의 승자였고, 이유가 무엇이든 간에 전향을 한 자들은 혁명의 패배자였다. 변절자, 배반자, 패배자 들을 상대해 줄 대상은 이 세상 어디에도 없었다. 그러나 그런 사실을 김 형사에게 토로할 수는 없는 일이었다.

"죄송합니다. 앞으로 잘하겠습니다."

"당신이 그동안 말썽 안 부렸고, 유식하고 점잖아서 잘 대해줬다는 걸 알라구. 당신네들 잘못으로 우리 인생 삐끗 어긋나 봐. 그땐 개피 보고, 개박살 나는 거야. 그러니 당신이 나라면 이렇게 안 할 수 있겠어?"

"예, 그럼요. 다 제 잘못입니다."

윤혁은 형사의 입장을 이해하기도 하며, 이제 끝났구나 싶어 소리 없이 긴 숨을 내쉬었다.

"거, 쏘련 망해 없어진 것, 왜 그 꼴이 됐는지 이유를 알아냈소?"

그만 돌아갈 줄 알았던 김 형사는 새 담배에 불을 붙이고는, 말을 존대로 바꾸며 새 이야기를 꺼냈다. 윤혁은 겉으로는 웃음을 지어내며, 속으로는 진저리를 쳤다. 소련이 무너지고 나서 김 형사는 얼굴을 대할 때마다 거의 거르지 않고 소련에 관한 이야기를 꺼냈다. 그것은 승리감의 과시뿐만이 아니었다. 이쪽을 야유하고 골리려는 심사도 뒤섞여 있었다.

"그게 좀……, 아직 잘 모르겠습니다."

윤혁은 궁색스럽게 얼버무렸다.

"아니, 무슨 소리요. 쏘련이 멸망한 지 벌써 언제라고. 그거 알면 속상하니까 일부러 눈 딱 감고 있는 거 아뇨? 알려고 들면 금세 알아볼 수 있는 유식한 양반이. 안 그렇소?"

"그건 아닙니다. 솔직하게 말씀드리면, 근자에 저한테 가장 궁금한 게 그 원인인데, 아무리 애를 써도 확실하게 알아낼 방법이 없습니다. 연구 서적이 나오기는 아직 이른 데다, 신문에 나는 글들은 그저 추측이고 짐작이고 그러니까요. 가장 좋은 방법은 쏘련 땅에 직접 가보는 것인데, 그럴 수는 없는 일 아닙니까."

윤혁은 김 형사를 바라보며 어색하게 웃음 지었다.

"맞소, 내가 바로 그 얘기를 하려던 참이었소. 내가 최근에 사업차 쏘련에 갔다 온 사람을 만났는데, 아니지, 이젠 러시아지, 그 이유를 딱 알아냈소. 자아, 들어보시오. 공항에 들어갈 때부터 이걸(김 형사는 손가락 두 개로 동그라미를 그려 보였다) 찔러주지 않으면 질질 끌며 통과를 안 시키고, 관청에서 무슨 서류를 떼든 뒷돈을 쓰지 않으면 절대로 안 된다는 거요. 우리나라 공무원들이 썩고 병들었다고 말들이 많은데, 쏘련 공무원들은 우리나라 공무원들보다 열 배는 더 썩어 문드러졌더라는 거요. 그런데 국민들도 아주 개판이고 가관이오. 그 국민들인지 인민들인지가 어떤 식이냐면 말이오, 두 사람이 밭에서 일을 하는데, 앞사람은 계속 구덩이를 파는데 뒷사람은 뒤따라가며 계속 그 구덩이를 메우고 있더라는 거요. 왜 그런 이상하고 정신 나간 짓을 하고 있겠소. 그건 다름이 아니라, 씨를 뿌릴 가운데 사람이 안 나왔기 때문에 첫 번째 사람과 세 번째 사람은 자기들이 맡은 일만 하고 있는 참이라는 거요. 보시오, 당원이라는 관리들은 그렇게 푹푹 썩고, 또 국민들은 국민들대로 위에서 시키는 대로 시간만 때우며 그 짓들을 하고 있었으니 그놈의 나라가 안 망하고 배길

도리가 있었겠소. 그따위 놈의 나라는 망해야 싸지. 암, 싸고 말고. 어떻소, 이보다 더 확실한 원인이 어디 또 있겠소. 안 그렇소?"

신바람 나는 말만큼 김 형사의 눈에는 생기가 돌고, 몸에서는 활력이 솟고 있었다.

"예에……."

고개를 떨군 윤혁은 참담한 얼굴로 아무 대꾸도 하지 못하고 있었다. 김 형사의 말은 금시초문의 새로운 것은 아니었다. 당원들의 타락상과 인민들의 나태와 타성에 젖은 생활상에 대한 그런 식의 이야기는 이미 신문들이 다투어 실어왔었다. 그런 행태들이 김 형사의 말대로 소련이 몰락한 절대적인 원인은 아니라 해도 복합적인 중대 요소들 중 하나인 것은 틀림이 없었다.

"왜 말이 없소. 내 말을 못 믿겠다 그거요?"

김 형사의 어조가 변색되었다.

"못 믿긴요. 하도 기막히고 창피스러워 할 말이 없는 거지요."

윤혁은 정말 낯을 들 수 없도록 굴욕스러운 수치감을 무릅쓰고 있었다. 박동건과 함께 절망과 안타까움을 주체할 수 없었던 것과는 완연히 다른 감정이었다.

"기막히고 창피스럽다고? 호호호호……, 오랜만에 솔직한 말 들어보겠소그랴. 거럼, 거럼, 당연히 기막히고 창피스러워야지. 평생을 그따위 공산주의를 떠받들고 사느라고 헛고생만 했으니 당연히 기막히고 창피스러워야 하고말고, 크크크크……. 난 말야, 겉으로는 표를 내지 못하면서 속으로는 은근히 공산주의에 뭔가가 딱 있지 않나 생각했었소. 왜냐면 해방 직후에 학식 들고 인물깨나 났다 하면 거의가 공산당을 했고, 당신처럼 유식한 사람도 공산당에 목숨을 걸고 나섰으니 말이야. 그런데 그거 막상 알고 보니 순 엉터리고 가짜배기라니까. 쏘련이 그렇게 개판이고 엉망진창인 걸 모르고 괜히 무서워하고 경계하고 했던 것을 생각하면 그것 참 사람 열 번 웃기는 일이라니까. 북한도 배고프고 굶고 난장판이라니까 거기도 거덜날 날 빤히 보이지 뭐야. 그러니까 당신은 일찌감치 전향을 잘한 거지. 이젠 대한민국에 충성만 해. 그럼 말년 편안히 살 수 있을 테니까. 뭐, 새로 번역하는 것 있소?"

김 형사는 느닷없이 말꼬리를 치세웠다.

"아닙니다, 없습니다."

김 형사의 촉수에 윤혁은 문득 긴장했다.

"왜? 지난번 일 끝난 게 꽤 오래됐는데. 설마 속이는 건 아니지요?"

연달아 묻는 김 형사의 눈초리가 윤혁의 심중을 겨누고 있었다.

"아닙니다, 속이다니요. 세상이 변해가면서 제가 번역하는 책 같은 건 영 잘 팔리지를 않는다고 출판사들이 울상입니다. 그러니 저 같은 사람들도 힘들게 돼갑니다."

"난 책 같은 것에 흥미 없어 잘 모르지만, 운동권 책이 이젠 한물갔다는 말은 얼핏 들었소. 좌우간 새로 번역 시작하게 되면 즉각 보고하시오."

"예, 알겠습니다."

"그러고, 돈벌이 궁하게 되면 바로 연락하시오. 무슨 일을 하든 밥 굶게는 하지 않을 테니까."

"예, 감사합니다."

김 형사가 떠나자 윤혁은 몸을 가누지 못하고 무너져 내렸다. 가까스로 막아내고 있었던 어지럼증이 거친 기세로 밀려들었다. 김 형사가 남겨놓고 간 말들이 새로운 어지럼증을 일으키고 있었다. 그의 말은 형사답게 거칠고 투박했다. 그러나 경멸하고 묵살해 버릴 수 있도록 영 틀려버린 말은 아니었던 것이다. 그 옛날에 수사를 받을 때와는 전혀 다른 양상이었다. 그때는 폭행하고 억지소리 하는 수사관들을 멸시하고 무시해 버릴 수 있는 신념과 자존심이 청죽처럼 푸르고 꼿꼿했었다. 그러나 이제 일개 형사의 말을 다 수긍하고 인정해야 하는 것이 견딜 수 없는 비참함이고 패배감이고, 참담한 슬픔이었다. 자신이 북쪽 땅을 떠날 때만 해도 당원들은 인민을 위해 얼마나 희생적이고 헌신적이었던가. 전후 복구를 하는 건설 현장에서도 당원들은 인민들보다 돌 하나라도 더 날랐고, 밥을 먹을 때도 인민들을 다 먹인 다음에 먹지 않았던가. 인민들 또한 몸 사리지 않고 얼마나 열성적으로 일했던가. 당원의 타락이나 인민의 나태란 상상할 수도 없는 일이었다. 소련이라고 달랐을 리 없다. 북쪽의 그런 아름다운 협동과 조화는 사상의 형제국인 소련과 중공으로부터 온 것이기 때문이었다. 그런데 30여 년의 세월, 자신이 감옥에 갇혀 있었던 그 세월 동안에 무엇이 잘못되어 소련은 그렇게 변해 몰락의 길로 가버렸고, 태산처럼 믿고 있었던 공화국은 인민들을 굶주리게 하는 지경에 이르고 만 것인가. 그것은 풀려고 할수록 뒤엉키는 어지러운 수수께끼였다.

윤혁은 거친 어지럼증에 휘둘리며 몸을 가누지 못하고 끙끙 앓았다. 깜빡 잠이 들었다가 흉악한 악몽에 쫓기며 잠이 깨고, 전신이 산산조각으로 부서지다 못해 바스러지고, 몸이 흐물흐물 녹아 땅속으로 잦아드는 고통에 시달리며, 이대로 죽는 것이 아닌가 하는 두려움 속에서 의식이 가물가물해지고……

"아저씨, 아저씨, 정신 차리세요, 정신 좀 차려봐요."

윤혁은 누가 몸을 흔들어대는 걸 느끼며 겨우겨우 눈을 떴다.

"나 알아보겠어요? 어디가 얼마나 아파서 이렇게 누워만 있어요, 그래."

윤혁은 흐릿한 시야 속에서 주인 여자를 알아보았다.

"예에……, 어쩐 일이세요."

갈라지고 쉰 윤혁의 목소리는 가늘고 메말라 있었다.

"어쩐 일이 뭐예요. 난 큰일 당하는 줄 알았어요. 아저씨가 사흘이나 이렇게 앓고 있는 거라구요, 사흘이나!" 주인 여자는 윤혁의 눈앞에 손가락 세 개를 펴 보이고는, "이틀이나 아저씨를 볼 수 없어 이상하다 싶었어요. 어디 가신다는 말도 없었는데 오늘도 하루 종일 안 보이지 뭐예요. 그래서 가슴이 덜컥 내려앉았지 뭐예요. 내가 얼마나 놀랐는지 아세요?" 하며 여자는 울음 담긴 얼굴로 혀를 세차게 찼다.

"아니, 사흘이나……."

윤혁은 수척해진 얼굴로 중얼거렸다.

"이렇게 심하게 아프면 병원엘 가셔야지요. 이러다가 정말 큰일 당한다구요. 어서 일어나세요."

"아니, 아니, 괜찮아요. 그냥 몸살 좀 앓은 거예요."

윤혁은 손을 저었다. 사실 그렇게 심하던 어지럼증이 말끔히 가신 듯한 기분이었다.

"내 보기엔 몸살이 아닌 것 같은데……."

"걱정 마세요, 곧 기운을 차릴 수 있을 겁니다. 처음에 심했던 증상이 다 없어졌으니까요."

윤혁은 부담스러운 관심에서 어서 벗어나려고 웃음까지 지어 보였다.

"정말 괜찮으시겠어요?"

"예……, 죄송하지만 물이나 좀 떠다 주시겠어요?"

윤혁은 물 한 그릇을 단숨에 다 마셨다.

"아이구, 얼마나 목이 탔으면 그래. 딱한 양반, 무슨 고집인지 원, 쯧쯧쯧……."

주인 여자가 묘하게 눈을 흘기며 돌아섰다.

윤혁은 주인 여자의 혀 차는 소리를 못 들은 척하려고 눈을 감았다. 오늘따라 혀 차는 소리가 더 차지고 야릇했다. 그러나 윤혁은 그 색다른 감정이 고마우면서도 두려웠다. 주인 여자는 자신의 과거를 전혀 모르고 있었다. 자신의 과거를 알게 되는 순간 그 호감은 정반대로 바뀌리라는 것을 잘 알고 있었다. 그런 일을 이미 두 번씩이나 겪고 이 집에 세 번째 이사를 온 것이었다. 나라에서 전향자라고 출감을 시켜놓고도 보호관찰을 계속하듯 세상 인심도 전향자들을 향해 열릴 가망은 거의 없었다. 세상 사람들은 '간첩'과 전향자들을 구분하지 않은 채 언제나 경계하고 멀리하려고만 들었다. 그건 오랜 세월 동안 그 서슬 퍼런 국가보안법의 위압에 가위눌리고 주눅들어 생긴 집단공포증이었다. 그러나 그런 현상을 탓할 수 없는 것이 박동건이나 자신 같은 사람들의 입장이었다. 자신들은 어디까지나 강제로 전향당한, 겉만 전향자였지 속은 비전향자였기 때문이다. 나라의 끝없는 감시가 불만스럽고, 세상 사람들의 냉정한 외면이 서러운 사람들은 자발적 전향자들일 것이다.

남편과 10여 년 전에 사별한 주인 여자는 방 두 개를 세놓고, 아들한테 생활비까지 받으며 궁한 것 모르고 혼자 살았다. 그동안 주인 여자는 이쪽이 어떤 사람인지 알아내려고 여러 가지 시도를 했었다. 왜 혼자냐. 부인은 세상을 떠났겠지만, 자식들은 이민을 간 거냐. 직업이 선생이나 교수였느냐. 나이 많으니 일본말을 쉽게 할 수 있다고 쳐도, 책 번역이라는 건 아무나 할 수 있는 일이 아니지 않느냐.

자신은 그때마다 웃고, 얼버무리고, 엉뚱한 소리 하며 자리를 피하곤 했었다. 주인 여자가 자신의 과거를 아직 모른다는 건 김 형사가 조심하고 있다는 뜻이었다. 김 형사는 가까운 어딘가에 끄나풀을 박아두지 않았을 리 없는데, 그 끄나풀의 입단속을 철저히 하고 있다는 증거였다. 두 번 이사를 하게 만든 과거 노출도 끄나풀의 입놀림 때문이었다. 끄나풀 관리에 철저한 김 형사에게 우선 고마움을 느꼈다. 과거가 드러나서 주변의 수군거림과 눈총을 받으며 이사를 가야 하는 것처럼 곤혹스러운 일도 없었다. 방 비우기를 바라는 집주인과 이사를 가지 못하게 막는 형사 사이에서 실랑이를 해야 했기 때문이다. 헌법까지 끌어대 '생존권 보호'를 내세운 그 싸움을 어렵게 이겨내고는 했지만, 헌법을 활용해 생존책을 강구해 나가는 가짜 전향수의 능력에 혜식게 웃기도 했었다. 어쨌거나 주인 여자의 친절과 관심의 농도가 진해질수록 윤혁의 불안은 커져갔다. 그건, 또 이사 가야 할 날이 촉박해지고 있다는 징조일 뿐이었다. 그 여자는 관심이 커질수록 상대에 대해서 무언가 알아보려고 촉수를 넓힐 것이고, 그 성과로, 간첩죄로 긴 세월 옥살이하다 풀려난 전향수라는 것을 알게 되면 그 순간으로 늙은 애정의 감정은 싸늘하게 식을 게 뻔했다. 선생이었거나 교수였을지 모른다는 환상이 간첩·빨갱이로 뒤집히는 것이니 그 충격과 배신감이 어떨 것인가.

윤혁은 제발 이사 가는 일만 생기지 않기를 바라며 몸을 움츠렸다. 손가락 하나 까딱할 힘도 없는 자신의 몸이 가랑잎 같다는 생각이 들었다. 온몸의 피가 하얗게 표백되어 어디인가로 다 증발해 버린 느낌. 몸은 그렇게 아무런 무게감도 부피감도 느낄 수가 없었다. 몸이 그렇게 되는 동안 주인 여자가 말한 사흘이 어떻게 지나갔는지 전혀 시간 감각이 없었다.

차라리 그대로 죽었으면 좋았을 것을……, 문득 스친 생각이었다. 죽음……, 인생의 끝……, 별로 두려운 생각이 없었다. 북쪽을 떠나면서부터, 남쪽에 침투하고, 검거되고, 조사받고, 긴 세월 감옥살이를 하는 동안 얼마나 많이 생각했던 것인가. 이 세상에서 죽음을 가장 많이 생각하고 언급하는 직업이 철학가고 종교인들이겠지만 그 절박함과 밀도에 있어서 자신들을 당할 수 있을 것인가. 어쩌면 자신들이 이 세상에서 가장 급박하고 절실하게 죽음을 생각한 부류들이 아닐까. 그렇게 해서 정리된 죽음은, '영원한 잠'이었다. 그 영원한 잠을 혼수상태와 다름없었던 지난 사흘 동안에 얻을 수 있었더라면 얼마나 좋았을까 하는 생각이 진정한 마음이었다.

세상이란, 아무리 막강한 권력을 휘두르던 사람도, 아무리 높은 명성을 드날리던 사람도 숨 끊어져 죽어버리면 그 존재를 냉혹하리만큼 지워버리는 파도 거센 바다였다. 생전에 큰 위력을 발휘했던 사람들이 자취를 감추어도 세상은 아무런 이상도 탈도 없이 태연하고 무표정하게 잘 돌아가기 마련이었다. 하물며 전향한 장기수 하나쯤이야……. 그 허무감 앞에서 또 반사적으로 떠오르는 것이, '나는 무엇을 위해 살았는가' 하는 회한이었다. 그런 감정의 반복과 교차가 어리석은 것인 줄 알면서도 떼칠 수 없었고, 벗어날 수 없었다. 그게 '사상적 삶'이라는 뚜렷한 목표를 설정했었던 자가 겪을 수밖에 없는 비애였다. 분명한 목표는 분명한 성과를 전제로 한 것이기 때문이었다.

"할아버지이."

"할아버지 안 계세요?"

맑고 또랑한 두 목소리가 울렸다. 친근한 그 음성들을 듣자 마음을 가득 채우고 있던 칙칙한 안개가 일순간에 걷히는 것을 윤혁은 느꼈다.

"응, 경희, 기준이구나. 나 여기 있다."

햇볕이 반짝 드는 느낌으로 윤혁은 몸을 벌떡 일으켰다. 그러나 눈앞이 아뜩해지며 현기증이 심해 일어나 앉을 수가 없었다.

"와아, 할아버지, 우리 왔어요."

사내아이의 이런 외침과 함께 다급하게 방문이 열렸고,

"어머 할아버지, 왜 그러세요?"

계집아이의 놀란 음성이 뒤를 이었다.

"아니다……, 아니다…….."

눈을 감은 채 윤혁은 몸을 가누려고 애썼다.

"할아버지, 할아버지, 왜 그러세요?"

계집아이가 허둥지둥 윤혁을 부축했다. 겁난 그 아이의 얼굴은 금세 울 것만 같았다.

"거 봐, 내가 할아버지 아프신 것 같다고 했잖아."

사내아이도 윤혁의 팔을 잡으며 계집아이에게 내쏘았다. 그 아이의 씰룩거리는 입술에도 울음이 가득 담겨 있었다.

"잘난 척하지 마. 나도 그런 꿈 꿨다고 했잖아."

계집아이가 사내아이에게 매운 눈흘김을 했다.

"그래, 그래. 아무 걱정 마라. 난 괜찮다."

윤혁은 두 남매의 말에서 봄볕처럼 따스하고 포근한 정을 느끼며 눈을 떴다. 자신을 걱정해서 찾아온 두 어린것들의 그 정겨운 마음이 그리도 고맙고 눈물겨울 수가 없었다. 아무런 꾸밈도 가식도 없이 자신을 걱정해 줄 사람이 이 아이들 말고 이 세상에 어디 또 있는가.

"할아버지, 어디가 아프세요? 빨랑 병원에 가셔야지요."

계집아이가 윤혁의 눈앞에 얼굴을 디밀다시피 하며 안타깝게 말했고,

"누나야, 할아버지 엄청 아프시다. 빨랑 119에 연락해."

사내아이가 몸 달아 손을 맞비비며 소리치듯 말했다.

"아니다, 다 나았어. 며칠 몸살 앓고 이제 다 나아서 너희들 보러 가려던 참이었어. 아무 걱정 마라." 윤혁은 두 아이를 번갈아 보며 더없이 정답게 웃고는, "경희야, 나가서 물 한 그릇 떠다 주렴" 하며 양쪽 손으로 두 아이의 손을 잡았다.

"네에. 기준아, 넌 할아버지 어깨 좀 주물러드려."

경희가 잽싸게 밖으로 나가며 말했고,

"응, 알았어."

기준이가 민첩하게 일어섰다.

"아니다, 아니다. 꼬맹이가 무슨……."

윤혁은 손을 내저었다.

"아니에요, 할아버지. 저도 힘세다구요. 이 알통을 좀 보세요."

기준이가 오른팔을 굽히며 힘을 써 보였다.

"글쎄 이리 와서 재미난 얘기나 해."

윤혁은 기준이를 끌어안아 앉혔다.

이 아이들을 대할 때면 언제나 그러는 것처럼 윤혁의 가슴 속에는 새싹 파릇파릇 돋는 너른 초원이 펼쳐지고 있었다. 경희와 기준이는 푸른 초원만이 아니었다. 눈부시게 쏟아져 내리는 햇살이었고, 온갖 꽃들이 흐드러지게 만발한 꽃밭이기도 했다. 가슴에 그토록 생명감 넘치는 황홀한 느낌을 갖게 된 것은 난생처음이었다. 그런 감각이 샘솟는 것은 오로지 경희와 기준이 남매가 준 선물이었다. 찌들고 메말라버린 가슴에서 그런 감정이 새롭게 살아오른다는 것은 스스로도 놀랄 일이었다. 감옥에서도 그런 감각이 살아 있었더라면 그 몹쓸 정신신경증에 걸리지는 않았을 것이다. 죄수번호 위에다가 또 네모난 빨간 헝겊까지 붙여야 하는 사람들은 모두 독방 신세였다. 한 평이 미처 못 되는 독방은 천상 시체가 눕는 관처럼 협소했다. 그 좁은 공간에서 아무리 밝고 희망적인 생각을 하려고 해도 부질없는 일이었다. 늪에 빠져서 헤어나려고 발버둥을 치면 칠수록 점점 더 깊이 빠져드는 것처럼 언제나 어둠침침하고 앞뒤가 막힌 독방에서 아무리 좋은 상상만 하려고 해도 밤마다 악몽은 더 험하고 무서운 형상들로 몰려들었다. 어쩌면 그 네모난 빨간 헝겊이 물고 있는 절망감이 좋은 생각은 다 잡아먹고 나쁜 생각만 키워내는 것인지도 몰랐다. 그 헝겊은 '간첩·빨갱이'라는 표시였다. 그 빨간색은 감옥안에서 유난히도 도드라졌다. 그 야한 색깔은 일반 죄수들에게 '이자들은 간첩·빨갱이니까 접근하지 마라'는 경고만 하고있는 것이 아니었다. 그것은 그것을 단 자들 거의가 감옥에서죽어야 하는 '무기수'임을 드러내고 있었다. 음습하고 암울한감옥의 세월은 무기수들의 육신만 야금야금 갉아먹는 것이아니라 의식까지 갉아먹어 날이 갈수록 악몽만 키워갔던 것이다.

"우리 경희가 떠온 물이라 더 맛있구나. 너희들은 별일 없지?"

물을 반나마 마시고 그릇을 내려놓으며 윤혁은 정겹고 포근한 눈길로 두 남매를 감싸안았다.

"네에, 저희들은 매일 학교 잘 다녀요. 할아버지, 정말 병원에 안 가셔도 괜찮으시겠어요? 얼굴에 살이 다 빠지신 게 굉장히 많이 아프신 것 같은데요."

걱정 가득한 얼굴로 할아버지를 바라보는 경희의 눈에 눈물이 크렁크렁 고여 있었다.

"네, 할아버지 얼굴에 살이 쑥 빠진 게 무지 아파 보여요. 주름살도 더 많아져 훨씬 더 늙어……."

"애!"

경희가 내쏜 날카로운 소리가 동생 기준의 말을 잘랐다. 그리고 목소리보다도 차가운 눈초리로 동생을 쏘아보았다. 뒤늦게 자신의 잘못을 알아챈 기준이는 한 손으로 입을 가린 채 두 눈동자를 할아버지와 누나에게로 빠르게 굴리고 있었다.

"괜찮아, 괜찮아. 할아버지가 아파서 더 늙어 보이는 거 할아버지는 아무렇지도 않아. 그래, 그러니까 말이다, 이 할아버지만 그러는 게 아니라 다른 할아버지들도 늙어 보이는 것은 아무렇지도 않게 생각하니까 아무 걱정 마라. 요, 요, 귀엽고 영특한 것들."

윤혁은 뭉게구름이 뭉게뭉게 피어오르듯 하는 기쁨과 즐거움 속에서 두 아이를 끌어안았다. 경희와 기준이를 만나면 절로 흥겹고, 절로 웃음이 벙글고, 절로 생기가 돋았다.

"거 봐, 누난 괜히 야단이야."

기준이는 혀를 낼름하며 누나에게 메롱, 메롱을 날렸고,

"아유 철부지, 가랠 수가 없어."

경희는 새침하게 눈을 흘겼다.

"할아버지, 근데 왜 몸살 앓으셨어요?"

기준이가 할아버지 어깨를 주무르기 시작하며 물었다. 경희도 할아버지 다리를 주무르려고 다가앉았다.

"얘들아, 관둬라. 난 괜찮다니까. 응, 몸살은 병이 아니야. 그냥 이유 없이, 좀 피곤하고 어쩌다 보면 찾아오는 거지. 아서, 아서, 관둬."

윤혁은 두 아이를 만류하기에 바빴다. 두 아이와 마주 앉아 말꽃을 피우는 것으로 흡족했지 그 고사리손에 팔다리를 맡기는 짓은 전혀 하고 싶지 않았다. 그 어린것들을 그저 감싸고 쓰다듬어주어도 모자란데 조금이라도 힘들게 한다는 것은 말이 아니었다.

　"누나야, 할아버지 아프신데 죽 좀 쒀 와라. 그동안에 나는 어깨 주물러드리고 있을 테니까."

　"아 참! 내가 왜 그 생각을 못하고 있었지? 기준이가 아주 똑똑한 생각을 했네. 나 곧 죽 쒀 올게."

　경희가 눈을 반짝이며 튕겨 일어났다.

　"아서, 아서. 죽은 무슨 죽이야. 그냥 앉아서 재미나는 얘기하는 게 할아버지가 더 빨리 낫는 방법이야."

　윤혁은 목소리에 힘을 모으며 손을 내저었다.

　"할아버지가 그렇게 말씀하셔도 아무 소용 없어요. 재미난 얘기는 이따가 죽 쒀가지고 와서 해도 되잖아요."

　경희가 날렵하게 방을 나서고 있었다.

　"어허, 어린 게 무슨 죽을 쑬 줄 안다고 그래."

　"어머머 할아버지, 사람 무시하지 마세요. 제 손으로 밥해 먹은 지가 얼마나 오래됐는지 아시잖아요. 그리고 죽 쑤기는 밥하기보다 훨씬 더 쉬워요."

　할아버지가 당하셨죠, 하는 듯 경희는 눈을 찡긋하고는 이

내 모습을 감추었다.

"애 기준아, 그만 주무르고 이리와 앉으라니까. 할아버지 다 나았어."

윤혁은 기준이의 바짓가랑이를 잡아끌었다.

"아이 참 할아버지, 신경 쓰지 마시라니까요. 이건 힘드는 일이 아니라 팔힘 세게 하는 운동이에요. 이렇게 운동을 해야 아이들하고 싸울 때 이기지요. 할아버지는 그냥, 어 시원하다, 어 시원하다, 만 하세요."

기준이는 또랑또랑하게 말했다.

"허허, 그놈 참, 그놈 참……."

그 기특함이 기쁨으로 넘쳐나 윤혁은 기준이를 꼭 끌어안아주고 싶은 충동을 느끼고 있었다.

"근데 있잖아요, 할아버지."

"그래. 어어 시원하다, 거 참 시원하다."

윤혁은 시원함을 한껏 과장하고 있었다.

"누나가요, 서로 좋아하고 친한 사람끼리는 영혼이 통한다고 하는데, 그 말이 맞는 것 같아요."

"뭐라고? 영혼이 통해? 너, 그 어려운 말을 어찌 아누."

그 맹랑함에 하도 어이가 없어서 윤혁은 고개를 돌리고 기준이를 빤히 쳐다보았다.

"할아버지, 그 정도 말은 하나도 어려운 말이 아니에요. 우리가 보는 동화책에 다 나오는 거거든요."

"허, 동화책에? 그럼, 영혼이 뭔고?"

"이 머릿속에 들어 있는 정신이잖아요."

기준이는 초롱초롱한 눈을 반짝이며 검지로 거침없이 머리를 가리켰다.

"허어, 그놈 참 야무지기는. 그럼, 영혼이 통한다는 건 뭔고?"

"이번에 할아버지가 아프시니까 누나도 저도 할아버지 아프신 꿈을 꿨잖아요. 할아버지 영혼과 우리 영혼이 서로 통하니까 그렇게 된 거지요."

"아이구 이놈아, 초등학교 5학년이 모르는 게 없구나. 됐어, 됐어, 아주 잘 알았어. 우리 기준이 장하다."

윤혁은 용솟음하는 기쁨과 함께 기준이를 얼싸안았다. 기준이도 윤혁을 마주 안았다. 윤혁은 기쁨이 갑절로 커지는 것을 느꼈다.

요 귀여운 것들이 없었더라면 내 세상살이가 얼마나 팍팍했을 것인가……. 이 생각과 함께 문득 떠오르는 것이 있었다. 박동건도 이런 아이들이 있었더라면 그렇게 허망하게 가지는 않았을 게 아닌가, 하는 생각이었다. 그렇게 생각하고 보니 자신은 이 애들 남매를 사흘거리로 만나며 삶의 새로운 활기를 얻었던 것이 새삼스럽게 고마웠다. 이들 남매와 정을 나누면서 웃음이 절로 벙그는 기쁨과 즐거움만 맛보는 것이 아니었다. 자꾸 정이 깊어가면서 두 아이가 친할아버지 대하듯 감겨오고 의지하는 것을 느끼며, 내가 오래 살아야지, 하는 생각까지 불현듯 하고는 했었다. 이 아이들을 알기 전에는 오래 살겠다는 생각은 한 번도 해본 적이 없었다. 칙칙한 안개가 낀 우울한 나날이 이 아이들을 알고부터 햇살 화창한 나날로 바뀐 것이다. 그러고 보면 박동건을 잡아간 그 암담한 절망에서 자신을 구해낸 것은 이 아이들이 발휘해 온 마력의 덕이 아니었을까 싶었다. 박동건에게도 이런 아이들을 갖게 해줄 것을……. 뒤늦은 후회가 일었다.

어느 가게 앞에서 두 아이가 어른에게 쥐어박히며 울고 있었다.

"잘못했어요, 잘못했어요."

계집아이는 두 손을 맞비비고 있었고, 사내아이는 계집아이의 소매를 잡고 울고 있었다.

"잔소리 마. 이젠 안 돼. 가자, 경찰서로 가."

가게 주인인 듯한 남자는 소리 지르는 것에 장단을 맞추듯 두 아이의 머리를 번갈아가며 쥐어박고 있었다. 그 광경은 아이들이 가게 물건을 훔치다가 들켰다는 것을 한눈에 알 수 있게 했다.

윤혁은 멈칫거렸다. 그냥 지나쳐버릴까, 하는 마음과 저 어린 것들이 무슨 일로……, 하는 측은한 마음이 엇갈리고 있었다.

그때 불쑥 떠오르는 기억이 있었다. 전향서에 손도장을 누른 자들에게 베푸는 특혜인지 위로인지 모를 행사가 벌어졌다. '사회 참관'이라는 것이었다. 죄수복을 벗기고 일반인 차림으로 하루 동안 세상 구경을 시켜주는 일이었다. 구미 공단의 텔레비전 공장을 돌아보고 금오산에 이르러 어느 부인회에서 마련해 온 점심을 먹게 되었다. 그런데 어떤 젊은 부인이 네댓 살 되는 아이를 데리고 와 있었다. 그 눈동자 맑은 예쁜 아이를 보는 순간 불현듯 안아보고 싶은 마음이 동했다. 그러나 마음대로 행동할 수 있는 몸이 아니었다. 일거일동을 인솔자에게 허락받도록 되어 있었다. 더구나 이쪽의 신분을 알고 있는 여인이 자기 아이를 안는 것을 꺼릴 수도 있는 일이었다. 몇 번 망설이다가 인솔자에게 말을 꺼냈다. 인솔자는 말없이 쳐다보다가 여인에게로 갔다. 여인이 이쪽을 한 번 쳐다보더니 아이의 손을 이끌고 다가왔다.

"석범아, '할아버지 안녕' 해. 석범이가 이뻐서 할아버지가 안아주신대."

여인이 아이에게 일렀다.

"안녕, 할아버지."

아이가 해맑게 웃으며 또랑하게 말했다. 또르르 구르는 것 같은 그 투명한 목소리가 무슨 보석 같다고 윤혁은 생각했다.

"옳아, 네 이름이 석범이구나. 아주 예쁘고 똑똑하게 생겼다. 어디, 할아버지가 한번 안아볼까?"

어느새 아이의 키에 맞춰 쪼그리고 앉은 윤혁은 두 팔을 활짝 벌렸다. 아이는 망설임 없이 윤혁의 품으로 안겨왔다. 아이를 품어 안는 순간 아이 특유의 배릿한 체취가 뭉클 풍겨왔다. 그 혼곤하면서도 풋풋한 냄새와 함께 여러 아이들의 모습이 떠올랐다. 전쟁의 와중에서 부모를 잃은 아이들이었다. 그 아이들을 거두며 어린것들을 안아본 이후 24년 만에 처음 안아보는 아이였다.

"석범이는 담에 커서 뭐가 될래?"

윤혁은 아이를 꼭 안으며 물었다. 자신의 말을 교도관이나 다른 죄수들이 아닌 바깥 사람이, 그것도 인형처럼 작고 귀여운 어린아이가 알아듣는다는 것이 너무나 신기해서 그는 무슨 말이고 더 해보고 싶었다.

"나 교통순경 아저씨 될 거예요."

아이의 목소리는 크고 해맑았다.

"뭐어? 교통순경 아저씨?"

윤혁은 자신도 모르게 팔을 풀어 아이를 맞바라보며 물었고,

"쟤가 저런다니까요, 글쎄. 교통순경이 모든 차를 세우고 보내고 하니까 그게 그렇게 높고 좋아 보이는 모양이에요."

웃음 반, 울상 반의 얼굴이 된 엄마의 설명이었다.

"그래도 얘는 우리 애보다는 낫습니다. 우리 애는 모범운전

사 될 거랍니다."

이렇게 말한 인솔자가 허허대고 웃었다. 그 웃음을 따라 모두 푸짐하게 웃음꽃을 피웠다.

"이 할아버지가 너한테 뭘 주고 싶은데 이걸 어쩌지. 할아버지가 가진 게 아무것도 없으니……"

어른이 아이들에게 어른 노릇 하는 것이 용돈 주는 것이라는 생각에 쫓기며 윤혁은 이 주머니 저 주머니에 손을 넣었다 뺐다 했다.

"아니에요, 아니에요, 괜찮아요."

아이 엄마가 딱한 얼굴로 손사래를 쳤다.

"여기, 여기."

그때 인솔자가 낮게 말하며 윤혁의 손에 무언가를 쥐여주었다. 윤혁은 그게 돈이라는 것을 금방 알았다.

"짜아 석범아, 이 할아버지가 선물을 줘야지. 이걸로 사고 싶은 걸 사!"

윤혁은 기세 좋게 아이의 눈앞에 돈을 짝 펼쳤다. 어린아이 눈앞에 펼쳐진 천 원짜리 한 장은 어른의 체면을 세우기에 더없이 당당했다.

"두고 온 자식 생각이 나시는 모양이지요?"

아이 엄마가 윤혁만 들을 수 있도록 나직하게 한 말이었다.

그 말이 슬픈 침이 되어 누선을 자극했다. 윤혁은 먼 산을 바라보며 콧등이 매웠다. 아이 엄마의 말에 생각난 것은 아내였다. 아내는 헤어지면서도 임신에 대해서는 아무 말도 없었다. 임신을 하지 않았기 때문이었다. 그러나 임신 경험이 없는 아내는 임신을 하고서도 몰랐을 수도 있었다. 만약 그렇게 되어 뒤늦게 임신인 것을 알았다면 아내는 어찌 되었을까. 그리고 그 유복자 아닌 유복자는 지금 몇 살인가……. 감옥에서는 전혀 생각해 보지 않은 엉뚱한 생각이었다.

감옥으로 돌아오는 버스 안에서 윤혁은 줄곧 눈을 감고 있었다. 그 배릿한 체취와 함께 어린 몸의 따스함과 보드라움이 생생하게 남아 있었다. 그는 눈을 감고 그 내밀한 감촉을 소중하게 음미하고 있었다.

그때가 벌써 언제인데 쥐어박히고 있는 가엾은 남매를 보자 석범이라는 이름까지 분명하게 떠오른 것이다.

"실례합니다. 이 애들이 무슨 잘못을 저지른 모양이지요?"

윤혁은 가게 주인에게 점잖게 인사를 차렸다.

"뉘시우?"

가게 주인은 귀찮다는 듯 턱끝으로 물었다.

"예, 그냥 지나가는 사람인데, 애들이 딱해 보여서요. 보아하니 이 애들이 무슨 잘못을 저지른 것 같은데, 아직 어리니 너그럽게 용서를 해주시면 어떨까 해서요."

윤혁은 가게 주인의 마음을 사려고 허리까지 굽히며 아주 겸손하게 말했다.

"예, 나도 이것들 불쌍한 처지 생각해서 그동안 여러 번 용서를 해줬어요. 헌데, 틈만 나면 물건을 훔쳐요. 아무리 어머니 아버지 다 죽어버린 불쌍한 처지라 하지만, 낸들 흙 파서 장사하나요. 오늘은 경찰에 넘겨 그 못된 버르장머리를 단단히 고쳐놓고 말겠어요."

가게 주인은 각오를 다지듯 두 아이의 머리를 번갈아 쥐어박았다.

"저런……, 아버지 어머니가 다 안 계시다니. 어떻게 그리 박복하게 됐을까요."

"내가 뭐 다 아는 건 아닌데, 소문 들어보니 아버지는 건설 현장에서 일하는 노동자였는데 간암으로 죽고, 어머니는 애들 키우려고 행상을 나다니다가 어느 날 새벽 뺑소니차에 치여 죽었대요. 그러니 저것들 둘만 달랑 남은 거지요."

"그것 참, 정말 딱하게 됐군요. 헌데 우리 속담에 이런 말이 있지 않습니까. 사흘 굶어 남의 집 담 안 넘어갈 사람 없다고요. 어린것들이 얼마나 배가 고팠으면 그랬겠어요. 아저씨도 자식들을 키울 테니 한 번 더 마음을 넓게 써주시지요."

"허 참, 그리 말하면 나도 마음이 약해지는데, 이게 오늘만 용서한다고 될 일이 아니잖아요. 가난은 나라도 구제 못한다는 말이 있는데."

가게 주인은 쩝쩝 입맛을 다셨다.

가게 주인의 말에 윤혁은 번뜩 떠오르는 것이 있었다.

"예, 쟤들을 살릴 방도가 있을 것 같아요. 소년소녀 가장들을 돌봐주는 제도가 있잖아요. 옆에 어른들이 없어서 그 도움을 못 받은 모양인데, 내가 그 일을 해주겠어요."

윤혁은 자신 있게 말했다.

가게 주인은, 별 사람 다 보겠다는 듯 윤혁을 빤히 쳐다보았다.

"너희들 오늘 재수 참 좋다, 이런 할아버지를 다 만났으니. 다시는 우리 가게에 얼씬거리지 마. 알겠어?"

가게 주인은 두 아이에게 소리쳤다.

"네, 잘못했습니다. 고맙습니다."

계집아이가 울먹이며 고개를 숙였다. 그리고 동생의 머리를 눌러 절을 시켰다.

"고맙소. 복 받으실 게요." 윤혁은 가게 주인을 보고 진득하게 웃음을 짓고는, "가자" 하며 두 아이의 등을 밀었다.

계집아이는 눈물을 훔치며 다시 가게 주인에게 고개를 숙였고, 사내아이는 어깨가 떨리도록 울음을 추슬렀다.

"너희들 배고프지?"

몇 걸음 옮기고 나서 윤혁은 다정하게 물었다.

"아니요."

계집아이가 대답했고, 사내아이는 반대로 크게 고개를 끄덕였다.

"그래. 너희들도 짜장면 좋아하지?"

"네, 짜장면이 최고로 맛있어요."

사내아이가 냉큼 대답했다.

"그래, 가자. 이 할아버지도 짜장면이 먹고 싶구나."

식당에 마주 앉아서도 윤혁은 가정 형편에 대해서는 아무 것도 묻지 않았다. 아까 가게 주인이 한 말로 충분했고, 괜한 말을 꺼내 아이들의 마음을 상하게 하고 싶지가 않았다.

"이 할아버지가 너희들 밥 굶지 않게 해줄 테니까 아무 걱정 마라."

꺼칠하고 남루하기 그지없는 두 아이를 바라보며 윤혁은 마음을 다졌다.

"저어……, 할아버지는 누구세요?"

사내아이가 눈치를 보며 물었다.

"왜, 궁금해? 아무 걱정 마라. 유괴범은 아니니까. 이 할아버지도 너희들 같은 손자가 있거든. 사람은 서로서로 돕고 살아야 하는 거란다."

윤혁은 말을 하면서 자신의 대답에 만족하고 있었다. 능청스럽게 그런 말을 지어내고 있는 자신의 능력이 적이 놀랍기도 했다. 그렇게 대답을 해놓고 나자 마음 한구석이 쓸쓸하기도 했다. 자신이 자식을 가졌더라면 필경 저런 손자들이 있었을 것 아닌가……. 쓸쓸하고 추운 바람 한 줄기가 가슴 구석을 헤집고 지나갔다.

두 아이가 사는 곳은 철거민들이 비닐하우스촌을 이루고 있는 쪽방이었다. 예상은 했지만 그 가난은 처절했다. 계집아이는 그런 거처를 보이는 것을 못내 부끄러워했다.

윤혁은 지체하지 않고 곧바로 김 형사를 찾아갔다.

"어쩐 일이세요? 손수 나를 다 찾아오고."

김 형사는 의아스러워했다.

"빽 좀 써달라고요."

윤혁이 불쑥 내놓은 말이 이랬다.

"빽? 내 힘이 필요하다 그거요?"

"예, 내가 나서면 복잡하겠지만 김 형사님이 나서면 간단한 일이거든요."

윤혁은 그 아이들 이야기를 간추려서 했다.

"음, 좋은 일 하자는 건데……, 이런 일에 빽 동원할 줄 아는 걸 보니 이젠 대한민국 국민 다 됐구려그랴."

김 형사는 윤혁을 새삼스런 눈길로 쳐다보며 짓궂게 웃었다.

"빽이란 사람 사는 세상에는 다 있는 거 아닙니까."

윤혁도 김 형사처럼 웃었다.

"좋아요. 경찰은 민중의 지팡이라니까 민중의 자식들을 외면해서야 되겠소?"

그래서 경희와 기준이를 사흘거리 만나는 사이가 되었다.

"할아버지 입맛 없으신데 혼자 드시면 얼마 못 드실까 봐 저희들 밥도 함께 가져왔어요."

경희가 곱살스럽게 웃으며 보자기를 풀었다.

"와아, 신난다. 할아버지랑 함께 밥 먹는다아!"

기준이는 두 팔을 번쩍 치켜들며 환호성을 질렀다.

"허허, 오냐, 오냐, 어서 맛나게 먹자."

윤혁은 다가앉으며 두 아이의 등을 다독거렸다. 어찌 꽃이 너희들보다 더 고울 수 있겠느냐……. 윤혁은 경희가 내민 숟가락을 받아들며 가슴이 뭉클해지고, 눈앞이 흐려지고 있었다.

3. 밥 먹는 철학

윤혁은 생각다 못해 김 형사를 찾아갔다.

"바쁘지 않으시면 나가서 차나 한잔 하시지요. 여기서는 좀 거북한 사사로운 일이라서."

윤혁은 주위 눈치를 살피며 쭈뼛거렸다.

"바쁘진 않지만……, 알았소, 갑시다."

김 형사는 얼핏 귀찮아하는 기색을 지우며 건장한 몸을 불끈 일으켰다.

"요새 별일 없지요?"

길을 건너며 김 형사는 입버릇처럼 물었다.

"예, 사상적으로야 아무 일 없지요. 허나……."

윤혁은 쓴웃음을 짓고 말았다.

"허나……, 뭐요? 사적으로 무슨 일이 생겼어요?"

"예, 애들 말로, 웃기는 일이 생겼습니다."

"웃기는 일? 그럼 그 애들 일처럼 동회 드나들어야 할 일은 아닐 테고, 우선 자리잡고 앉아서 들어봅시다."

김 형사가 앞서 찻집으로 들어갔다.

"아무리 생각해도 제가 이사를 해야 되겠습니다."

윤혁은 의자에 앉으며 말했다.

"이사? 그게 사사로운 일이오?"

김 형사의 반응이 민감한 만큼 기색도 나빠졌다. 보호관찰 대상자의 이사란 담당 형사의 입장에서는 사사로운 일일 수가 없었다.

"아니, 이사를 해야 하는 이유가 사사롭다는 뜻입니다."

"거 참 복잡하네. 무슨 일인지 후딱 말해 봐요."

김 형사는 짜증스럽게 담배에 불을 붙였다.

그날도 분주함을 피해 좀 늦게 식당으로 점심을 먹으러 갔다. 그 집은 간판이 '실비식당'이었고, 그 이름대로 밥값이 아주 쌌다. 그런 데다 윤혁은 단골로 밥을 부쳐 먹기로 해서 밥값은 더 헐해졌다. 예순이 몇 년 남지 않았다는 여주인은 그 식당을 해서 네 자식을 다 대학교육까지 시켰다는 것을 큰 자랑으로 삼았다. 값이 싼 데다가 음식 맛이 깔끔하니 그런 경제력을 갖추기는 어렵지 않았을 법했다.

"어째 입맛 좀 도셨어요? 신수는 좀 나아지셨는데."

여주인이 앞치마에 손을 닦으며 윤혁의 식탁으로 다가섰다.

"예, 좋아졌습니다. 음식이 다 맛있어서요."

윤혁은 그저 인사치레를 했다.

"뭐 맛이 있긴요. 매양 그 솜씨가 그 솜씨라서……."

여주인은 웃음 담긴 얼굴로 앞자리에 살그머니 앉았다.

윤혁은, 또 손자 자랑할 게 있나, 생각했다. 여주인의 자식
자랑은 언제부턴가 손자 자랑으로 바뀌어 있었다. 할머니 할
아버지 들이 만 원을 내놓고 손자 자랑을 하려고 들면 옆엣
사람은 만 원을 더 붙여주며 제발 그만 하라고 손을 내젓는
대요, 글쎄. 그 여자는 이런 말까지 해가며 손자 자랑에 신명
이 나고는 했다. 그러나 윤혁은 만 원을 덧붙여주고 싶은 심
사는 아니었다. 아무 부담 없이 마음 편하게 듣다 보면 웃음
도 짓게 되고, 삶의 훈기와 윤기도 느낄 수 있었다. 삭막하고
뒤틀린 세상사 이야기에 비하면 손자 자랑은 더없이 정겹고
푸근하고 감미로웠던 것이다.

"저어……, 이번에 아프시면서 외롭지 않으셨어요? 늙어가
면서 외로운 건 밥 굶는 것보다 더 서러운 거라는 말도 있는
데……."

"예에? 무, 무슨 말씀이신지……."

여주인의 말이 너무 예상 밖이라서 윤혁은 어리둥절하지 않을 수 없었다.

"예, 진시황은 하룻밤을 자려고 만리장성을 쌓았다는 말이 있잖아요. 그러니까 말이지요, 아저씨가 아무리 나이 들었더라도 마음을 젊게 먹고 생각을 살짝 바꾸면 아주 편케 살 길이 열린다구요. 늙어갈수록 하루하루가 너무 아깝고 소중한데 지금처럼 사는 건 너무 외롭고 불편하잖아요. 그렇죠?"

"글쎄요……, 그런 거 뭐 별로……."

윤혁은 그때까지도 상대방의 말뜻을 종잡지 못하고 얼버무렸다.

"워낙 점잖으신 분이라 그런 눈치는 빠르시지가 않네." 여주인은 중얼거리듯 하며 앉음새를 고치고는, "있잖아요, 내가 아저씨 말년을 더는 외롭지 않게 편케 해드리려고 중매를 서려고 해요." 한달음에 말하고는 싱긋 웃었다.

"중매요?"

윤혁은 막 집고 있던 콩나물을 놓칠 뻔했다.

"어머, 그리 놀라실 것 없어요. 마음 좋고 살림 넉넉한 분이니까 서로 의지하고 말동무하면서 살면 외롭지도 않고, 그저 여기저기 관광여행이나 다니고 하면 말년이 얼마나 살맛 나고 행복하겠어요. 아저씨만 좋다고 하면 그대로 인연이 착 맺어지는 거예요. 그 사람이 누구냐면 말이지요, 아저씨네 집주인 아주머니예요."

여주인은 어떠냐는 듯 자신만만하게 웃으며 윤혁을 바라보았다.

윤혁은 머리가 쿵 울리는 충격을 느꼈다. 그리고, 또 이사를 가야 하게 생겼구나, 하는 생각만 머리를 채웠다. 보호관찰 대상자의 입장에서 이사를 간다는 것은 번거롭기 짝이 없는 일이었다.

"글쎄요. 너무 갑작스러운 일이라……. 좀 생각할 여유를 주세요."

윤혁은 내심을 감추고 적당히 눙쳤다.

"예, 그러세요. 그치만 그런 아주머니 구하는 건 하늘의 별 따기라구요."

하늘의 별 따기든, 호박이 넝쿨째 굴러들어온 것이든 윤혁에게는 아무 소용이 없었다. 해결책은 오로지 또 이사 가는 것뿐이었다.

"허, 그거 잘됐잖아요. 결혼하세요. 노인학교에서 눈맞아 노인네들 결혼하는 게 유행인 세상인데."

김 형사가 헤벌쭉 웃으며 태평스럽게 말했다.

"그게 무슨 말씀이세요?"

윤혁은 언짢은 기색으로 혀를 찼다.

"무슨 말이긴요. 중매쟁이 말마따나 경치 좋은 데 여행 다니며 말년 편케 살 수 있어 좋고, 또 확실한 신원보증인 생기는 셈이니 나 같은 사람도 좀 편해져서 좋고, 이런 게 바로 누이 좋고 매부 좋고 아니겠소?"

"참 속 편하시네요. 우리 집주인 여자는 내 과거를 전혀 모르고 있어요. 만약 내가 그런 사람이었다는 걸 알면 결혼은커녕 당장 셋방에서도 내쫓으려고 들 거예요. 안 그래요?"

"아하, 그게 그렇게 되나? 이거 내 좋을 대로만 생각했군요." 김 형사는 쩝쩝 입맛을 다시더니, "그럼 이렇게 하면 어떻겠어요. 내가 나서서 과거를 알려주고, 그 아주머니가 안심하도록 하는 것이" 하며 밝은 기색을 보였다.

"말씀은 고맙지만, 그런 수고 안 하시는 게 좋아요. 그 아주머니는 내가 선생이나 교수 같은 걸 한 줄 알고 있어요. 그리고 나 같은 사람 과거를 알고 나서 고개 돌리지 않는 사람을 여지껏 한 명도 보지 못했어요. 괜히 볼썽사납게 그 집에서 나오고 싶지 않아요."

윤혁은 침울하게 한숨을 쉬었다.

"글쎄, 그 말도 일리가 있긴 한데……. 그럼 어디로 이사를 가겠다는 거요? 내 관할을 벗어날 거요?"

김 형사의 말에 짜증이 묻어났다.

"뭐 복잡하게 그럴 건 없지요. 김 형사님 같은 분 만나기도 쉽지 않고. 그냥 그 집에서 나오기만 하면 됩니다."

말은 이렇게 했지만 윤혁은 경희와 기준이 때문에 멀리 떠날 수가 없었다.

"그렇다면 문제 될 게 없소. 이사하시오." 김 형사는 시원하게 말하고 나서 커피를 한 모금 마시더니, "혹시 북쪽 아내 때문에 결혼할 맘이 없는 것 아니오?" 하고 불쑥 물었다.

"아내요? 그런 생각 전혀 안 했는데요."

윤혁은 멀뚱하게 김 형사를 쳐다보았다.

"안 했으면 됐소. 당신네들은 세상이 어찌 변하든 말든 당신네들 식으로 통일이 될 거라는, 말도 안 되는 생각들을 속에 꿍치고 있는 돌 같은 인간들이니까. 하지만 그런 헛꿈 이제 버리는 게 좋아요. 그 잘난 쏘련이 폭삭 망해버리고, 생필품이 없어 난리가 나고 있는 판에, 북쪽에서는 국민들이 배가 고파 허덕거리고 있소. 그런데 남쪽은 북쪽보다 스물다섯 배가 넘게 잘살고 있단 말이오. 이런 현실을 똑똑히 보고 진심으로 맘 돌려먹어요. 무슨 소린지 알겠소?"

김 형사는 만날 때마다 줄기차고 끈질기게 반공교육에 열중하는 모범 형사였다.

"예, 알고 있습니다."

윤혁은 참담한 심정으로 고개를 숙였다. 김 형사의 말을 부인할 도리가 없는 것, 왜 그 지경이 되었는지 알 수 없는 것, 그 참담한 패배감은 견디기 어려운 또 다른 고통이기도 했다.

윤혁은 혼자 걸으며 아내를 생각했다. 어찌 된 일인지 아내의 모습은 차츰 흐려지고 있었다. 세월 탓인지, 환경 탓인지 알 수가 없었다. 감옥에 있을 때는 그리도 선명하게 떠오르곤 했던 모습이 출감한 뒤로는 점점 흐려져가고 있었다. 아내는 어찌 살고 있을까. 재혼을 했을까. 혼자 살고 있을까. 늙기도 많이 늙었을 텐데, 어떤 모습일까. 지금까지 살아 있기나 한 것일까. 아내의 모습이 흐릴수록 사무침은 깊어져갔다. 아내를 생각해서도 딴 여자를 보는 건 안 될 일이었다. 평생 남편 노릇도 하지 못한 처지에 그런 죄까지 지을 수는 없었다. 지금 자신에게 필요한 것은 여자가 아니라 마음의 평정이었다.

이사는 셋방을 옮겨 앉는 것으로 끝나지 않았다. 식당도 옮겨야 했다. 한 가지 일은 그렇게 두 가지 번거로움으로 번졌다. 값싸고 입에 맞는 식당을 고르는 일은 한가한 식도락가의 배부른 취미와 같을 수는 없었다.

이사를 한 윤혁은 그날로 강민규에게 편지를 띄웠다.

강민규 군 보시게.

제번(除煩)하고, 많이 바쁘신 모양일세. 젊은이가 바쁜 것은 더없이 좋은 일이네. 피할 수 없는 사정으로 이사를 했네. 헛걸음하면 안 될 일이고, 그전 집에서 과히 멀지 않으나 길눈 서툰 초행길에 고생하면 안 되니 여기 약도를 그려 보내는 바일세. 이만 총총.

편지 내용은 이렇듯 짤막했지만 약도는 반대로 정밀지도처럼 세세했다. 골목과 골목, 그리고 그 사이사이의 표적물들이 세세하게 표시되었을 뿐만 아니라 길과 길 사이의 거리까지 기록되어 있었다. 그야말로 장님도 찾아올 수 있을 정도였다. 그 약도가 편지 내용에는 없는 '어서 오라'는 말을 대신하고 있는 듯했다. 강민규는 윤혁을 찾아오는 유일한 사람이었고, 그가 편지를 띄우는 단 한 사람이었다.

윤혁은 편지를 부치고 바로 경희와 기준이를 찾아갔다.

"오늘 할아버지 이사했다."

"이사요? 어디로요?"

"왜요?"

경희와 기준이가 말이 겹치게 재빨리 물었다.

"응, 거기서 거기라 별로 멀지 않아. 그런데 말이지……."

윤혁은 그만 말문이 막혔다. 이렇게 물을 줄 알았더라면 미리 그럴싸하게 말을 꾸며놨어야 했다. 왜 이사를 하게 되었는지 아이들에게 곧이곧대로 이야기할 수는 없는 일이었다. 늙은이들의 주책스러운 혼담이 어린애들에게는 면구스럽고 웃음거리가 되는 일이었고, 더구나 아이들에게 자신의 과거가 털끝만큼이라도 드러나게 할 수는 없었다. 간첩이나 빨갱이에 대한 인식이 어른들과 아이들이 좀 차이가 난다 하더라도, 아이들도 두려워하고 경계할 것이 틀림없었다. 학교에서는 엄연히 반공교육을 실시하고 있었고, 간첩을 신고하자는 경고문은 시골로 갈수록 많이 내걸려 있는 것이 현실이었다. 윤혁은 경희와 기준이에게 외면당하기 싫었다. 아니, 싫은 것이 아니었다. 경희, 기준이와 관계가 끊어진다는 것은 두려움이었다. 그건 과장이 아니었다. 그 아이들 남매와 정을 나누지 못하는 생활이란 한마디로 다시 감옥살이로 돌아가는 것이나 다름없었다. 두 아이는 날이 갈수록 더 큰 힘이 되고, 더 든든한 의지가 되고 있었다. 그런데 그 아이들과 정을 끊게 된다……, 그건 상상만으로도 두려운 일이었다.

"응, 왜냐면 말이야, 그 집 주인 할머니가 아들 식구들하고 함께 살기로 해서 방이 더 필요하게 된 거야."

윤혁은 가까스로 이렇게 말을 꾸며댔다. 얼핏 떠오른 것이 '방세를 올려달라고 해서'였는데 그렇게 말하면 방세를 더 내지 못하고 싼 데로 이사를 하게 된 자신의 꼴이 초라해질 뿐만 아니라, 괜히 집주인 여자를 돈밖에 모르는 사람으로 모는 셈이 되었다. 그래서 달리 바꾸려다 보니 그게 그렇게 쉽지가 않았다.

"치이, 자기들 땜에 괜히 우리 할아버지 고생시키고 그래."

퉁명스럽게 말한 기준의 입술이 쑥 내어밀렸다.

"할아버지는 고생하셨지만, 그야 어쩔 수 없는 일이지 뭐."

경희가 동생의 어깨를 쓰다듬고는, "근데 왜 미리 연락 안 하셨어요? 저희들이 도와드렸어야 하는데요." 윤혁을 쳐다보며 어른스럽게 말했다.

"맞아요. 우리가 짐을 나르면 훨씬 쉽잖아요."

기준이가 얼른 말을 받았다.

"아니야, 아니야. 짐도 쬐끔이고, 이삿짐 센터 아저씨 둘이서 힘 안 들이고 불끈불끈 다 옮겨버렸다. 녀석들이 별 걱정 다 하고 그러네."

세상에 이런 기특한 것들이 다 있나. 윤혁은 두 남매의 머리를 번갈아가며 쓰다듬었다. 그의 가슴에서는 훈풍이 불고, 싱싱한 생기가 전신에서 파릇거리며 솟고 있었다.

"얘들아, 가자. 이사했으니 내가 한턱 내마. 기준이가 돼지 삼겹살 먹고 싶어하지? 그래, 커가는 나이에는 가끔 기름기를 배부르게 먹어야 되느니라. 그래야 건강하고 실하게 잘 크지. 어서 나서라."

윤혁은 환하게 웃으며 경희와 기준이에게 손짓했다.

"저어……, 할아버지……."

"응, 그래, 무슨 할 말 있냐?"

윤혁은 경희에게 정겨운 눈길을 보냈다.

"할아버지, 우리 식당에 가지 말고 고기 사다가 집에서 구워 먹어요. 그럼 맛은 똑같은데 돈은 절반도 안 들어요."

"아이구, 이 영리하고 알뜰한 것. 이 할아버지 돈 아껴주려구?"

다시 샘솟는 기쁨에 윤혁은 또 얼굴 가득 웃음이 퍼졌다.

"맞아요, 할아버지. 집에서 먹으면 돈도 더 적게 들고, 배도 더 불러요."

기준이도 눈치 빠르게 맞장구를 치고 나섰다.

"그래, 너희들 말이 맞다. 그런데 말이다, 말이 나왔으니 한 가지 해둘 말이 있다. 보자, 돼지고기를 집에서 구우면 그 냄새가 사방으로 엄청나게 퍼지는 것 너희들도 알지? 그리 냄새가 진동하면 가난해서 고기를 자주 먹지 못하는 이 동네 사람들은 어떻게 될까?"

"네, 모두 먹고 싶어서 군침을 질질 흘리게 되지요."

문답 시험이라도 치르는 것처럼 기준이는 또랑또랑 대답했다.

"그렇지. 우리 기준이 똑똑타. 그런데 말이야, 먹고 싶은 걸 먹지 못하고 고기 굽는 냄새만 계속 맡아야 하는 사람들의 기분은 어떨까?"

"그야 김 팍 새는 거지요 뭐. 속상하고, 기분 잡치고, 열 받치고, 얄밉고……, 하여튼 김새는 건 전부 다예요."

"그래, 우리 기준이도 그런 일 당해본 모양이로구나. 그러니까 말이다, 이웃 사람들과 나눠 먹을 여유가 없을 때는 자기

들끼리 조용히 먹고 말아야지 온 동네에 냄새가 퍼지게 해서는 안 된다 그 말이다. 나 좋다고 마구 고기 냄새 풍겨 이웃 사람들 속상하게 만들고 기분 언짢게 만드는 건 옳은 일이 아니야. 할아버지가 돈을 많이 가졌으면 이 동네 사람들 전부가 먹을 수 있도록 삼겹살을 굽고 싶지만, 할아버지도 가난해서 우리 셋이 먹을 돈밖에 없구나. 그러니 우리끼리만 조용히 나갈 수밖에 없지 않겠니?"

윤혁은 두 아이를 쳐다보았다. 경희와 기준이도 윤혁을 쳐다보며 눈으로 대답하고 있었다.

강민규는 일주일이 넘어 찾아왔다.

"아, 그 할머니 안목이 대단하십니다. 선생님 같은 쾌남을 척 알아보고 연정을 품다니. 하여튼 선생님은 얼마나 행복하십니까. 비록 맺어지지는 못한 비련이긴 하지만, 그 연세에 기둥서방감으로 간택되셨으니 말입니다. 저는 이 젊은 나이에 기둥서방감은 고사하고 사랑 고백 한번 들어본 적이 없습니다. 선생님이 부럽고도 부럽습니다."

강민규는 너스레를 떨었다.

윤혁도 강민규의 흔쾌한 웃음을 따라 한바탕 웃었다. 강민규는 감옥에 있으면서도 농담을 잃지 않은 외유내강한 품성을 지닌 사내였다. 그 심지 굳은 심성으로 운동권에 몸담고 있는 것이 그지없이 믿음직스러웠다.

"선생님, 그동안 너무 오래 찾아뵙지 못해 죄송합니다. 근래의 상황이 상황이라 중요한 세미나들이 여러 곳에서 연달아 열렸기 때문입니다."

웃음을 거둔 강민규가 진지한 어조로 말했다.

"세미나들이……."

윤혁은 짚이는 것이 있어서 고개를 끄덕였다.

"선생님께서는 듣기 괴로우실 주제들입니다. 쏘련의 붕괴와 그에 따른 세계 사회주의 몰락에 대한 원인 규명을 하려는 세미나들이니까요."

윤혁을 바라보는 강민규의 얼굴이 착잡했다.

"그야 당연한 현상 아니겠나. 피할 수 없는 일이지. 그래, 납득할 만한 원인 규명은 되던가?"

윤혁은 아무 표정 없는 얼굴로 담담하게 물었다.

"예, 선생님을 괴롭히는 일 같아 말씀을 드려야 하나 말아야 하나 많이 망설였습니다. 그러나 현실은 현실이고, 선생님께서도 알고 싶어하시는 문제라 말씀드리기로 한 것입니다. 결론부터 말씀드리면, 보수·진보 학자들을 망라해서 전부 비판 일변도라는 사실입니다."

강민규는 한숨을 내쉬었다.

"그래, 그걸 어쩌겠나. 실패한 이념이고, 망한 체제가 되었으니 역사의 비판을 받게 되는 건 사필귀정 아닌가. 타당한 비판이라면 달게 받아야지. 그게 역사의 엄정성 아니겠나.”

윤혁의 목소리는 침울하고 무거웠다.

“예, 그 비판은 학자들마다 다릅니다. 어떤 사람은 공산당 일당독재 체제를 비판합니다. 그 일당독재는 부르주아 계급의 발호를 차단하는 데는 일단 성공했는지 모르지만, 제멋대로 독주하는 당에 대한 무비판과 무견제가 당의 절대권력화를 촉진하게 되고, 절대권력은 반드시 부패하고 타락한다는 보편적 진리에 따라 몰락을 자초하게 되었다는 것입니다. 기본적으로 바르고 건강한 정치가 되었으려면 최소한 양당제는 했어야 한다는 견해입니다. 또 어떤 사람은 인간을 ‘도덕적 인간’으로 개조할 수 있다고 믿고 그것을 억지로 실천하려고 한 오류를 비판합니다. 인간은 인간의 정치적 이상에 맞추어 개조할 수 있는 존재이기 이전에 그 어떤 힘으로도 막을 수 없는 본능적 존재이며, 인간의 이기욕이란 식욕과 성욕에 뒤지지 않는 중대한 본능인데 인간을 개조하려는 정치적 욕심은 그 본능을 무시함으로써 인간의 노동 욕구를 파괴했고, 그 비극은 사회 전체의 파멸로 확대되었다는 것입니다. 그리고 또 다른 사람은, 당이 인민들의 균등한 행복을 위한다며 당의 일방적인 계획대로 직업을 배치하고, 행동을 통제한 어리석은 자만을 비판했습니다. 인간이란 이 세상에 태어날 때 모두가 제 각각 개성이 다르고 능력이 다르고 성품이 다른데,

인간을 마치 기계나 기계 부속품처럼 취급해서 자율성을 박탈하고 창조성을 파괴함으로써 성취욕을 꺾음과 동시에 노동의 질적 저하, 게으른 타성을 만연시켜 결국 몰락할 수밖에 없었다는 것입니다. 인간은 인권은 평등하되 능력은 평등할 수 없는데, 그 간단명료한 사실을 구분하지 못하고 혼란을 일으켰다는 것입니다. 또 다른 사람은, '당은 무오류'라고 한 오류를 저질렀다고 비판했습니다. 인간이 불완전한 존재라는 것은 인류의 긴 역사를 통해서 이미 확실하게 입증된 사실인데, 아무리 두뇌 명석하고 이론 탁월한 사람들이 모여 공산당을 만들었다 하더라도 '당은 무오류'라고 선언한 그 당당함이 바로 인간의 불완전함을 극적으로 입증한 오만이 아닐 수 없고, 그 오만이 저지른 결정적 오류가 '당은 무오류'라고 한 단언이고, 그런 당의 절대 신성시 위에서 당은 봉건권력화했으며, 당원들은 그 우산 아래서 반인민적 관료주의에 취해가며 부패와 타락의 길로 치달아갔으니 몰락은 필연이라는 것이었습니다. 대충 이런 식이었는데, 어떻게 생각하십니까?"

강민규의 설명을 들으며 줄곧 이어지는 신음을 되삼키느라 윤혁은 꼭 감고 있던 눈을 더디게 떴다.

"글쎄에……, 그거 참……."

무겁고 신중한 얼굴의 윤혁은 눈에, 자네는 어떻게 생각하나, 하는 말을 담고 있었다.

"글쎄요, 제가 식견이 모자라서 그런지 어쩐지 이 말을 들으면 이 말이 옳은 것 같고, 저 말을 들으면 저 말이 옳은 것 같고, 종잡을 수가 없습니다. 어쩌면 그 주장들이 장님들 코끼리 만지는 격이 아닐까 하는 생각이 들기도 하구요. 그리고 그 비판들을 각기 별개로 볼 것이 아니라 모두 합해서 봐야만 총체적인 원인 규명에 접근하는 게 아닐까 하는 생각이 들기도 하구요. 하여튼 복잡하고 어려운 문제입니다."

"……그래, 종합적으로 봐야 할 것 같다는 자네 말이 일리가 있네. 자네도 고민을 많이 했구먼."

시선을 떨군 윤혁은 무겁게 고개를 끄덕였다. 그는 강민규 앞에서 너무나 면목이 없었다. 노동운동에 앞장섰던 강민규는 감옥에 들어오기 전에 이미 사회주의 의식을 강하게 품고 있었다. 그런 그에게 자신은 사회주의의 우월성을 암암리에 일깨우고 독려하지 않았던가. 강민규 같은 젊은이와 합방(合房)이 된 것은 강제 전향이 가져다준 가장 큰 혜택이었고, 강민규와 함께 지낸 것은 기나긴 감방살이 속에서 느낀 유일한 보람이기도 했다. 그런데 이제 사회주의의 시체 앞에서 사인(死因) 규명을 하고 있다니…….

"그런데 말입니다, 토론자 중에서 이런 말을 한 사람이 있습니다. 고르바초프가 쏘련의 페레스트로이카(개혁)를 들고 나왔을 때 '인간의 얼굴을 한 사회주의를 하려는 것'이라고 말했다. 그 말은 곧 그동안 사회주의는 비인간적인 얼굴, 다시 말해서 짐승을 다루는 듯한 야만적인 사회주의 지배를 해왔다는 것을 자백하고 실토한 것이 아닌가. 인간을 인간답게 살게 하려고 만들어낸 이데올로기를 가지고 그 반대로 비인간적으로 운용해 왔으니 그런 체제가 망하는 것은 너무 당연한 결과일 것이다. 당 총서기인 고르바초프는 자기 스스로 쏘련이 몰락하게 된 원인을 한마디로 제시한 셈인데, 발표자들은 왜 이 핵심을 지적하지 않고 부분적인 것들을 전체적인 것인 양 거론하는지 의문시된다. 이런 발언이었는데, 이 점 어떻게 생각하십니까?"

그때 윤혁의 머리에 퍼뜩 떠오르는 것이 있었다.

"그 발언자가 혹시 자네 아닌가?"

윤혁은 망설이지 않고 머리를 스친 생각을 그대로 물었다. 그 예리함이 의심할 것 없이 강민규였던 것이다.

"아닙니다. 저도 고르바초프의 그 말을 기억하고 있었습니다만, 그건 페레스트로이카를 지지하는 긍정적 입장이었을 뿐이었고, 그 발언을 몰락의 핵심 요인으로 연결시키지는 못했습니다. 그 문제 제기를 한 것은 저의 친구입니다. 오인섭이라고, 함께 운동을 했습니다."

"으음, 그런 총명한 젊은이가 또 있었군." 윤혁은 고개를 주억거리며 혼잣말하듯 하고는, "나도 고르바초프의 그 말에 큰 충격을 받았었는데, 그 젊은이가 그 발언을 쏘련 몰락의 핵심 요인으로 지목했다니 또다시 충격을 받게 되네. 인정하기 괴롭지만……, 그 젊은이의 지적이 옳은 것 같네" 하며 마른 입술을 축였다.

"선생님은 고르바초프의 그 말에 큰 충격을 받으셨다고 하는데, 그럼 그런 상황은 예측하지 못하신 겁니까?"

"그야 물론이지. 전혀 예측하지 못했지. 왜냐면, 쏘련은 그나마 세월이 좀 지나 있었지만, 우리의 사회주의는 해방이 된 다음부터 시작된 것이나 마찬가지니까 내가 남쪽으로 내려온 1960년까지는 아주 초기였기 때문이야. 무슨 말이냐면, 그 무슨 일이든 초기에는 초기의 순수와 열정이 발휘되는 법 아니던가. 그 시절에 당원이란 인민을 위해 솔선수범하고 헌신하고 희생하는 것을 절대가치로 삼고 있었고, 그런 자질과 정신무장이 갖추어지지 않으면 아예 당원이 될 수 없었지. 그리고 모든 당원들은 그런 절대가치를 실천해 나가면서 인민들의 신망의 대상이 되는 것을 가장 큰 보상으로 삼았고, 자랑스럽고 영광된 삶으로 여겼지. 그런데 언제부터 인민 위에 군림하며 횡포를 일삼고, 권력을 악용해 부정부패를 저질러대게 되었는지 알 수가 없는 노릇이네. 그런 못된 변질은 내가 감옥에 갇혀 있었던 30여 년 동안에 계속 진행되었다는 것인데, 그러니 앞이 캄캄할 뿐 그 이유를 알 도리가 없지 않은가. 참으로 기막히고, 이보다 더 답답한 일은 없을 걸세."

윤혁은 먹구름 같은 한숨을 길게 토해냈다.

강민규는 그런 윤혁에게 연민 가득한 슬픈 눈길을 보내며 이런 말을 잘근잘근 씹어서 넘기고 있었다.

반인민적이고 비인간적인 차르 왕조를 타도하고 깃발을 세운 사회주의는 프롤레타리아 일당독재라는 비민주적 모순을 저지르며 차르 왕조보다도 더 심하게 인간의 자유를 억압했고, 개성과 재능을 말살했고, 사생활을 파괴하는 횡포를 일삼다가 끝내 자멸하고 말았습니다. 그런 독재 지배의 연속 속에서 당의 최고급 간부 부인들은 전용 비행기를 몰아 프랑스 파리로 각종 명품들과 보석 쇼핑을 다닐 정도로 부패 타락했다는 것입니다. 그 대표적인 여자가 고르바초프 부인입니다. 그 여자는 고르바초프 재임 기간에도 사치 심하기로 소문이 자자할 만큼 말썽이 많았고, 쏘련이 몰락하고도 호화 별장을 지어 세계적인 비난거리가 될 지경이었습니다. 도대체 인간이란 무엇인지……, 할 말이 없습니다.

"선생님, 선생님께서 좋아하실 일거리를 가지고 왔습니다."

강민규는 일부러 밝게 웃으며 말머리를 돌렸다.

윤혁은 무슨 심한 고통이라도 참고 있는 듯이 일그러진 얼굴로 앉아 있었다.

"이겁니다, 호치민 평전."

강민규가 상대방을 놀라게 해주고 싶다는 몸짓으로 가방에서 책을 꺼내 윤혁의 눈앞에 디밀듯 했다.

　"호치민! 그런 책을……."

　윤혁이 놀라는 기색을 드러냈다.

　"예, 하나도 놀라실 것 없습니다. 마르크스 『자본론』은 말할 것도 없고, 마오(모택동)의 평전도 이미 나왔는걸요. 중국에 이어 베트남하고도 곧 수교가 될 분위기니까 시기가 아주 좋습니다. 그리고 우리가 베트남전에 참전했던 일도 있고 해서 우리나라 사람들은 호치민에 대한 관심이 꽤나 높은 편입니다."

　"그런가. 세상 참 정신없이 변해가고 있구먼. 대한민국은 알다가도 모를 나라야."

　윤혁은 앞에 놓인 두꺼운 책에 눈길을 둔 채 고개를 갸우뚱했다.

　"예, 정부는 그만큼 자신감에 차 있고, 사람들은 이데올로기 차원이 아니라 교양이나 흥미 차원에서 그런 인물들에 대해서 알고 싶어합니다. 벌써 오래전에 어떤 외국 학자가 이런 글을 쓴 일이 있습니다. 아무리 문제 많고 모순 많은 천민성 자본주의라 하더라도 자본주의가 30년 이상 지탱되어 온 사회에서는 사회주의는 절대로 뿌리내릴 수 없다고 한 것입니다. 지금 한국은 그 주장을 아주 잘 실증하고 있는 사회라고 할 수 있습니다. 더구나……."

강민규는 잇따라 나오려는 말을 당황스럽게 중단했다. 그리고 그런 낌새를 눈치채지 못하게 하려고 방바닥에 놓인 책의 중간쯤을 펼쳐 차르르 넘기는 손시늉을 했다. 그가 서둘러 삼킨 말은, '……베트남까지도 북한처럼 경제가 파탄 상태에 빠져 있는 형편 아닙니까'였다. 그 말을 입 밖에 내는 것은 절망의 늪에 빠진 상대방을 더 깊이 밀어넣는 일이었고, 상처 난 가슴을 또 덧내는 것이었다.

"흐음……, 그런 말이 있었나. 그래……, 결과적으로 보면 꽤나 예리한 시각이라고 할 수 있겠구먼. 자본주의는 사유재산제를 모태로 하고 있고, 사람들은 그 제도 속에서 인간의 중요한 본능 중의 하나인 이기적 욕망을 맘껏 성취할 수 있다는 황홀한 꿈에 취해 사니까 사유재산이 허용되지 않는 사회주의를 용납할 리가 없지. 그래……, 그래……, 인간은 이성적이기 이전에 본능적 존재야. 그래, 본능적 존재지. 인간을 이성적 존재로, 이성의 힘이 큰 존재로 보려고 한 것이 착각이고……, 큰 오해를 저지른 것이라고 할 수 있겠지……."

언제부턴가 중얼거리듯 하는 윤혁의 입 언저리에는 자조적인 웃음이 번지고 있었다. 이 대목에서 자연스럽게 떠오른 이야기를 윤혁은 입에 올리지 않고 그대로 가슴에 묻어버렸다.

북쪽에서 한때 개인적으로 텃밭 농사를 허락한 일이 있었다. 전후 복구와 사회조직의 편성·강화가 겹쳐진 시급한 상황 속에서 식품난을 해소하려는 방책이었다. 그러나 당에서는 한 계절이 지나기 무섭게 텃밭 농사를 폐지시켰다. 왜냐하면 집단농장의 배추보다 개개인의 텃밭에 있는 배추가 훨씬 더 컸기 때문이었다.

이 이야기를 강민규가 듣게 되면 그 심정이 어떨 것인가. 그 사소한 것 같았던 사건은 인간의 본성과 사회주의의 한계 같은 여러 가지 문제들을 상징적으로 보여준 것이 아닐 것인가……. 윤혁은 더욱 면목 없음을 느끼며 눈길을 떨구었다.

"선생님께서 존경하는 인물이니까 번역을 빨리 할 수 있을 겁니다. 내용도 이야기체로 전개되니까요."

강민규는 책을 윤혁 앞으로 바짝 밀어놓으며 말했다.

"헌데……, 한 가지 신경 쓰이는 게 있네."

강민규는 윤혁과 눈길을 맞추었다.

"담당 형사 말일세. 이런 책 번역한다고 시비를 할지도 모르겠네."

"그게 말이 되나요. 출판해도 전혀 문제 될 게 없는 책이고, 만에 하나 문제가 된다 하더라도 책은 경찰이 아니라 엄연히 딴 부서 소관이거든요."

"그게 그렇지가 않네. 난 보호관찰 대상자고, 내 담당 형사는 나의 일거일동을 언제나 감시하고 제재할 권한이 있네. 전부터 번역한 것들을 꼬박꼬박 그에게 보여오지 않았나. 헌데, 사회 분위기와는 별개로 반공의식이 창창한 형사에게 베트남의 호치민이 통할 것 같지 않은 예감이 드네. 만약 그가 막고 나서면 어쩔 도리가 없는 일 아닌가. 꼭 하고 싶은 일인데……."

책표지를 가득 채우고 있는 호치민의 깡마른 얼굴을 윤혁은 유심히 바라보았다. 프랑스와 싸워 이기고, 미국과도 싸워 이긴 베트남 민족의 지도자. 투철하고 강인한 사회주의 혁명가. 그 수염 긴 얼굴에는 권력자의 오만이나 도도함 같은 것은 찾을 수가 없고 마음씨 좋은 시골 할아버지 같은 순박함과 인자함이 어려 있었다.

"예, 그 말씀 듣고 보니 그럴 수도 있겠는데요? 세상은 법보다 주먹이 먼저니까요. 그렇다면 위장술을 쓸 수밖에 없습니다."

강민규는 가볍게 응수했다.

"위장술……?"

"예, 제가 연애소설을 갖다드릴 테니 그것을 번역한다고 하세요. 운동권 출신에게 전략 전술은 무궁무진합니다. 흐흐……."

강민규는 이미 눈속임에 성공해 통쾌하기라도 한 것처럼 어깨까지 들썩거리며 웃었다.

"사람, 싱겁기는."

윤혁도 정다운 눈길로 함께 웃었다.

"어쨌거나 세상은 엄청나게 변해가고 있습니다. 불과 2, 3년 전까지만 해도 이런 책 출간은 꿈도 꾸지 못할 일이었거든요."

"그런 게 다 자네 같은 사람들이 희생하고 고통당해 가면서 이루어놓은 것 아닌가."

"모르겠습니다, 운동권이 해놓은 일이 무엇인지. 운동권도 이제 원⋯⋯." 강민규는 떨떠름한 웃음을 입가에 물더니, "전 이만 가보겠습니다. 출판쟁이들 번갯불에 콩 볶아 먹으려는 식인 것 잘 아시지요?" 일거리를 가져올 때마다 하는 말을 덧붙이며 그는 빙긋 웃었다.

"그 경쟁력이 자본주의 사회의 동력 아닌가. 어쨌든 자네가 나 먹여 살리느라고 너무 수고가 많네."

윤혁은 방을 나서며 강민규의 어깨를 어루만졌다.

"그런 말씀 마세요. 큰 자본 없이 출판사 하느라고 애쓰는 친구놈들 돕느라고 제가 오히려 선생님한테 폐를 끼치고 있는 거지요. 번역 실하고, 속도 빠르고, 선생님 같은 필자 구하기가 어디 쉽나요. 선생님은 이 사회에 크게 기여하고 계시는 겁니다."

"부끄럽네, 이 사람아. 기여는 무슨⋯⋯."

그게 의례적인 덕담이라 하더라도 윤혁은 듣기 싫지 않았다. 자신이 어느 한 가닥이라도 필요한 존재라는 것, 그것은 큰 위안이 아닐 수 없었다. 번역 일은 취로사업과는 전혀 달랐다. 빈민 구제사업인 취로사업에 나서는 것은 나라에 구걸하는 것이나 다를 게 없었지만, 번역 일은 지적 자존심을 세울 수 있고, 수입도 훨씬 나으면서, 더구나 생산적인 일이었다. 취로사업에 나설 수밖에 없는 다른 전향자들은 자기 자신들의 초라한 꼴에 더욱 삶의 생기를 잃고 있었다. 노동력 허약한 여자들과 무리를 이루어 잔디밭 잡풀 뽑기, 깡통이나 우유팩 줍기, 길가 화분에 풀꽃 심기, 키 작은 가로수의 가지 다듬기 같은 것을 하면서 이미 쓸모없게 된 자신의 그림자가 얼마나 서글플 것인가. 그런 생각을 할 때마다 윤혁은 강민규에게 늘 말로 다 할 수 없는 고마움을 느꼈다. 먼저 감옥을 나간 강민규는 잊지 않고 면회만 온 것이 아니었다. 출감을 하게 되자 기다리고 있었다는 듯 번역 일거리를 가져오기 시작했던 것이다.

"무슨 말씀이세요. 일어를 우리말보다 더 잘하시는 그 실력, 일인일독(一人一讀)의 모범수로 꼽힐 정도로 영어 독학에 매진한 실력에다가, 바깥 가족들이 감동의 눈물을 흘리지 않을 수 없게 편지 대필을 해주었던 그 문장력은 어디다 두고 번역을 못 하신다는 겁니까. 선생님은 딱 적임자입니다. 물론 불안하시고, 두려움이 앞설 수 있습니다. 그러나 일단 시작하십시오. 하다 보면 자신감이 생기고 익숙해지게 됩니다."

강민규는 이렇듯 떠밀어댔었다.

 일인일독이란 일인일교(一人一教)·일인일기(一人一技)와 함께 죄수들을 교화시키기 위해 교도소에서 내세우고 있는 세 가지 실천 사항이었다. 자신은 종교는 아예 외면했기 때문에 수인들이면 누구나 기다리는 '떡신자' 노릇을 하지 않았다. 먹을 것만 주면 어떤 종교 행사든 참가하는 수인들을 '떡신자'라고 불렀다. 그러나 무엇을 얻어먹는 것만이 좋아 떡신자 노릇을 하는 것이 아니었다. 종교 행사에 가면 그래도 감방에서 벗어났다는 해방감을 맛볼 수 있으면서, 바깥 사람들의 냄새를 맡을 수 있었고, 무엇보다도 지긋지긋하게 지루한 시간을 빨리 보낼 수 있어서 어떤 종교 행사든 누구나 좋아했다. 일인일교와는 반대로 일인일기는 꼭 하고 싶었다. 무슨 기술을 익히기 위해서가 아니었다. 작업장에 나가게 되면 독방의 밀폐감에서 벗어날 수 있는 데다가, 독방에서는 꿈꿀 수 없는 활달한 몸놀림의 자유를 매일 누릴 수 있었다. 그러나 빨간 헝겊을 붙여야 하는 수인들은 일인일기에서 제외였다. 5·16이 '빨갱이'들에게 내린 또 하나의 형벌이었다. 작업장에서 다른 죄수들에게 빨간 물을 들인다는 것이 이유였다. 그러니 끝도 한도 없이 늘어지는 감옥의 시간 속에서 할 수 있는 것은 일인일독뿐이었다. 성경도 읽어보고, 불경도 읽어보고……, 책을 차입해 줄 사람이 없으니 또 성경을 읽고, 불경을 읽고……,

그러다가 시작한 것이 영어 공부였다. 영어 공부를 시작하니 교도소 측에서는 뜻밖에도 좋아했다. 교도관만 좋아한 것이 아니라 교무과장까지 와서 흡족해했다. 소련말을 공부한다면 그들의 반응은 어땠을까. 그 덕에 사전이나 영어책을 구하는 것은 아주 수월했다. 감옥의 시곗바늘을 빨리 돌릴 겸 학창 시절에 설배운 영어의 세계를 파헤쳐보고 싶었다. 시간을 잊으려고 공부에 몰입하게 되고, 몰입하다 보니 재미가 붙고, 재미에 빨려들다 보니 더욱 깊이 빠져들게 되고……. 그 공부 효과에 스스로 놀라지 않을 수 없었다.

강민규를 배웅하고 돌아서며 윤혁은 박동건의 죽음을 이야기하지 않은 걸 잘했다고 생각했다. 사람의 마음이란 참 이상야릇한 것이었다. 박동건의 죽음에 대해 말할 필요가 없다고 생각하면서도, 또 한편으로는 속 시원하게 이야기를 털어놓고 싶은 마음이 엇갈리고는 했었다. 박동건이 떠나간 이야기를 꺼내게 되면 이내 맞닥뜨리게 되는 것이 사회주의 몰락이었다. 그건 강민규 앞에서는 애써 피해야 하는 수치고 죄스러움이었다. 그러나 박동건이 떠난 그 허망한 서러움을 혼자 삭이고 풀기가 어려웠다. 누군가에게 하소연하고 싶고, 그런 헛헛한 심정을 이해해 줄 수 있는 사람을 찾고 싶었다. 그 사람이 강민규이기도 했다. 자신의 생계를 책임지다시피 하고 있는 사람. 자신을 '선생님'이라고 불러주는 유일한 사람. 그런 강민규에게 윤혁은 문득문득 부성애를 느끼기도 했다. 내가 자식을 두었다면 저 나이 또래일 텐데……. 이런 생각이 스친 때가 한두 번이 아니었다.

윤혁은 바로 번역을 시작해야겠다고 마음을 가다듬으며 호치민 평전을 집어들었다. 책은 두꺼운 만큼 묵직했다. 7백 페이지가 넘는 분량이었다. 그만큼 호치민의 생애가 파란만장하고 극적이었다는 의미였다. 그런데 지금 베트남의 형편은 어떤가. 사회주의 혁명을 하고 20년이 다 되어가는데 경제는 파탄지경이라고 알려지고 있었다. 도대체 그 이유가 무엇일까. 사회주의의 무엇이 잘못되었기에 나라마다 그 지경이 되는 것일까. 사회주의는 애당초 인간 사회를 이끌 수 없는 이념이고 체제였을까. 그 체제가 건재할 수 없는 것은 사회주의의 결함 때문일까. 아니면, 인간의 결함 때문일까. 사회주의의 결함 때문이라면, 그 결함은 도대체 무엇일까. 윤혁은 또다시 혼자 힘으로는 풀 수 없는 의문과 회의의 수렁으로 빠져들어갔다.

강민규가 베트남의 경제 현실을 모를 리가 없었다. 베트남을 바라보는 그의 심정은 어떨까. 사회주의에 대한 실망과 회의가 말할 수 없이 클 것이 분명했다. 그런데 그런 내색 전혀 하지 않고 호치민을 번역하라고 했다. 그 심중을 짚어내기가 어려웠다. 다시금 그에게 면목이 없고 미안하기 그지없었다.

이 급변하는 상황 속에서 그가 어떤 의식으로 현실에 대응해 나가고 있는지도 궁금했다. 얼마나 많은 혼란과 번민에 빠져 있을 것인가…….

윤혁은 그런 어지러운 생각들을 지우려고 다시 마음을 다잡았다. 그리고 번역의 첫 단계 작업인 통독을 하려고 책의 첫장을 펼쳤다. 경희와 기준이에게 맛있는 음식을 자주 사 먹이기 위해서도 번역을 빨리 해야 했다.

으레 그렇듯 번역에 집중하면서 나날이 어떻게 흘러가는지 거의 감각이 없었다. 그러나 사나흘 간격으로 경희와 기준이를 만나 저녁밥 먹는 것은 잊지 않았다. 두 어린것을 정답게 보듬어주고, 유쾌하게 함께 웃고 하는 것은 번역 일의 피로를 풀어주고, 삶의 활력을 돋게 하는 큰 즐거움이었다.

"거 좀 쉬엄쉬엄 하시오. 또 병나겠소."

밖에서 울리는 컬컬한 목소리에 윤혁은 번역물을 재빨리 치웠다. 그리고 왼쪽에 미리 펼쳐놓고 있었던 책을 끌어당겼다.

"어서 오세요."

벌컥 문이 열린 공간을 채우고 있는 김 형사를 향해 윤혁은 고개를 꾸벅했다.

"연애소설이 재미가 좋아져가요?"

김 형사는 방으로 들어서며 빠른 눈길로 방 안을 휘둘러보았다.

"글쎄요, 다 늙어빠져서 그런지 어쩐지 연애 얘기라는 게 어째 별 재미도 없이 시큰둥하고 그렇군요."

이미 연애소설을 번역 중이라는 것을 알려준 터라 윤혁은 천연스럽게 받아넘겼다.

"하긴 그래요. 사랑 얘기야 풋내기 젊은것들이나 침 흘리는 거지 우리같이 점잖은 사람들이야 뭐……" 김 형사는 습관처럼 날쌘 눈초리로 윤혁을 곁눈질하고는, "내가 꼭 보여주고 싶은 걸 가져왔소" 하며 바지 뒷주머니에서 접은 신문지를 기세 좋게 착 꺼냈다.

"뭐 재미있는 건가요?"

윤혁은 낭비하는 시간이 아깝지만 내색은 하지 못하고 마지못해 말 응대를 하고 있었다.

"암, 재미있지. 재미있고말고요. 어떤 교수가 쓴 글인데, 내가 딱 하고 싶었던 말을 썼더란 말이오." 김 형사는 접힌 신문을 부지런히 펼치더니, "자아, 뭐 길게 읽을 것 없이 중요한 대목만 딱 읽겠소. 크음, 큼, 자알 들어요. 마르크스주의란 기본적으로 밥 먹는 철학인데도 그것을 실현시키지 못해 결국은 스스로 몰락하고 말았다. 여기 밥 먹는 철학이라는 말 앞뒤에 점이 하나씩 찍혀 있는데, 이 '밥 먹는 철학'이라는 말이 어떻소? 이거 참 기막히지 않소? 이 교수님이 내가 평소에 하고 싶었던 말을 딱 찍어서 했는데, 어떻게 생각해요?" 하며 신문을 윤혁 앞으로 바짝 디밀었다.

"예에……, 그게……, 예……."

윤혁은 너무 갑작스러워 생각도 뒤얽히고 말도 뒤얽히고 있었다. 김 형사가 그런 말을 꺼낼지 전혀 예상하지 못했고, 그 교수가 지적한 몰락의 원인도 섬뜩하게 가슴을 찔렀던 것이다.

"왜, 그렇게 생각하지 않는다 그거요?"

김 형사의 말에도 눈매에도 날이 섰다.

"아닙니다, 아닙니다. 그 교수가 지적한 말이 너무 정확하게 핵심을 찌르고 있는 것 같아서 깜짝 놀랐던 겁니다."

윤혁은 김 형사가 좋아하는 쪽으로 대답하려고 애썼다. 그는 대화나 토론의 상대가 아니었고, 그의 포위망에서 빨리 벗어나는 길은 그것밖에 없었다.

"그렇지요? 바로 그거요. 마르크스주의란 기본적으로 밥 먹는 철학인데도 그것을 실현시키지 못해 결국은 스스로 몰락하고 말았다. 하아! 그거 참 얼마나 근사하고도 딱 들어맞는 명언이오. 이게 무슨 말인고 하니, 저 옛날 옛적부터 제아무리 잘난 임금님도 백성들을 굶기면 끝장났다 그것이오. 그러니 마르크스주의니 공산주의니 하는 것도 별수 없다 그것 아니겠소. 이 나라고 저 나라고, 공산주의 하는 놈의 나라들은 생필품 부족하고, 먹을 것 바닥나고 해서 국민인지 인민인지가 배고파 허덕거리는 판국이니 안 망하고 배기냐 그거요.

내 말 알아들어요?"

김 형사는 지난번에 했던 똑같은 말을 또 되풀이하고 있었다.

"예, 맞는 말씀입니다."

"그런데 왜 당신은 그따위 것을 신봉해서 간첩질까지 하고 나섰지?"

김 형사의 느닷없는 말이었다. 말투도 '당신'이라는 호칭과 함께 반말로 바뀌어 있었다.

"죄송합니다. 그래서 전향을 한 것 아닙니까."

윤혁은 김 형사의 매운 눈길을 받아내며 강한 어조로 말했다. 덫은 피해가는 것이 상수였다.

"좋아. 당신을 믿어주지. 길지 않으니까 이거 읽어봐."

김 형사는 신문을 던지고 방을 나갔다.

윤혁은 한참을 멍하니 앉아 있었다. 김 형사의 말을 부정할 수도, 묵살할 수도 없었다. 아아, 왜 그 지경들이 되었을까……, 그것은 감당할 수 없는 비통함이었다.

윤혁은 두 손으로 신문지를 와락 움켜잡았다. 그리고 쓰러지듯 거기에 이마를 박았다. 엎드린 그의 어깨가 가늘고 잘게 떨리기 시작했다.

4. 병마에 진 싸움

　석 달에 걸친 긴 번역을 마치며 윤혁은 못내 마음이 우울했다. 제국주의의 핍박에 짓밟힌 조국과 인민을 위한 혁명에 일생을 바친 호치민의 치열한 열정과 순수한 희생을 배반하듯 그가 떠나간 이후 당과 관리들은 인민들에게 원한을 살 정도로 부패하고 타락해 있다는 것을 다시금 확인해야 했던 것이다. 그런데 안타깝게도 그들이 왜, 어째서 그 지경이 되었는지에 대해서는 밝혀져 있지 않았다. 어쩌면 그것은 당연한 일이기도 했다. 그 책은 어디까지나 '호치민 평전'이었지 베트남 사회주의의 문제점에 대한 연구·분석서가 아니었다.

　윤혁의 마음에는 먹구름이 첩첩이 끼어 있었고, 비통한 배신감에서 헤어날 수가 없었다. 베트남은 유럽의 강대국 프랑스와 싸워 이겼고, 또다시 세계 최대강국 미국과도 싸워 이겼다. 그 마술 같기도 하고, 기적 같기도 한 승리는 베트남 공산당이 이룩한 것인가, 베트남 인민이 이룩한 것인가. 그건 어쩌면 보는 입장에 따라 다를지 모른다. 당원들은 당이 이룩한 업적이라고 할 수 있고, 인민들은 자기네 인민들이 이룩한 업적이라고 할 수 있을 것이다. 그러나 일찍이 혁명 투쟁을 전개하면서 마오쩌둥이 갈파한 말이 있었다. 인민은 물이요, 당원은 물고기다. 그 유명한 말은 북쪽의 전후 복구 상황 속에서 당원들에게 거듭거듭 되풀이해서 강조된 말이었다. 인민 우선, 인민 중시를 각인시키는 그 말은 바로 당원들이 갖춰야 할 기본자세를 뜻했고, 당원들이 곧바르게 가야 할 길을 가리킨 것이었다. 그 말이 변함없이 옳다면 베트남이 이룩한 두 번의 승리는 더 말할 것 없이 인민들이 쌓아올린 업적이었다. 어마어마한 무기를 가진 두 강대국과 싸운 긴 세월 동안 죽어가고 부상당한 목숨들은 누구이며, 그 수는 얼마인가. 사망자가 2백만이 넘고, 부상자가 5백만이 넘는데, 그들의 절대다수는 모두 당원 아닌 인민들이었다. 인민들은 조국의 해방을 위해 공산당의 깃발을 에워싸며 한 덩어리로 뭉쳤고, 그 거대한 인민의 바다는 공산당이 기필코 해방의 길로 인도하리라는 믿음 하나로 적을 향하여 노도를 일으켰던 것이다.

그 죽음을 무릅쓴 인민들의 희생과, 긴 세월에 걸쳐 두 번이나 전쟁을 수행케 뒷바라지해 준 인민들의 노고를 그 누구보다도 잘 알았고, 가슴 아파했으며, 고마워했던 사람이 호치민이었다. 호치민은 죽기 전에 유서를 네댓 번 고쳐 썼다. 그런데 처음부터 불변이었던 것이 두 가지 있었다. 하나는, 자신의 시체를 꼭 화장시켜서 재를 전국의 중요한 장소 몇 군데에 뿌리되, 그 뿌린 장소를 사람들이 모르게 하라는 것이었다. 그것은 호치민의 지극한 조국 사랑을 나타내는 것인 동시에, 혹시라도 있을지 모를 자신에 대한 정치적 영웅화나 우상화를 경계한 것이었다. 또 하나는, 해방을 맞게 되면 그동안 수많은 고난을 치러낸 인민들을 위하여 인민 생활을 향상시키는 일을 최우선으로 하라는 것이었다.

그러나 호치민 주석을 충실히 뒤따른다고 공언한 당 간부들은 첫 번째 유언을 거역했듯이 두 번째 유언도 거역하고 말았다. 당 간부들은 소련의 기술을 빌려 호치민의 시체를 방부 처리해서 영원히 썩지 않게 하는 데 막대한 비용을 들이는 것을 주저하지 않았다. 전 민족적 추앙을 받고 있는 호치민은 자신들의 지배력을 안정시키고 확장시켜 나아가는 데 가장 효과적인 정치선전물이었던 것이다. 그와 마찬가지로 당의 지배력과 영향력을 국내뿐만 아니라 국외에까지 뻗치려는 탐욕을 앞세워 베트남 공산당은 인민들의 생활 향상을 외면했다. 그리고 긴장을 이완시키는 세월의 마수에 휘말리며 당원들은 부패와 타락의 세균에 감염되기 시작했던 것이다.

윤혁은 비참한 심정으로 강민규가 열거했던 이유들을 골똘히 되짚고 있었다. 그 이유들을 아무리 복합시키고 분해시키고 해보아도 나라를 가리지 않고 당원들이 언제부터, 왜 그렇게 경제가 파탄 나고 나라가 망할 지경이 되도록 썩고 병들었는지 규명해 낼 도리가 없었다.

역사, 그것은 인간의 삶이었다. 이데올로기, 그것도 인간의 생산물이었다. 그것들은 인간이 없으면 존재할 수 없고, 인간에게만 필요한 것들이었다. 특히 이데올로기란 인간의 인간다운 삶을 위해 인간이 만들어낸 발명품이었다. 그런데 그 발명품은 당초의 목적대로 쓰이지를 못했다. 흡사 칼이라는 발명품처럼. 똑같은 칼을 주부가 들었을 때와 도둑이 들었을 때…… 결국 각국의 공산당원이란 칼이라는 유익한 도구를 잘못 든 도둑과 같은 존재들이 아닌가. 그것은 아무리 생각해도 결국 인간의 문제였다. 인간……, 인간……, 인간이란 도대체 무엇인가. 당원들의 부패와 타락의 뿌리는 이기주의다. 이기성이라는 본능의 힘은 무섭다. 모든 종교의 공통된 미덕은 나만을 위한 이기심을 버리고 남도 위할 줄 아는 이타행을 하라고 가르치는 것이다. 그 지고한 가르침을 행하는 것은 각 종교의 성직자들이다. 그런데 그들의 대다수가 이기심에 사로잡혀 신의 이름을 팔아가며 타락하고, 사회 권력을 형성해 횡포를 자행하고, 심지어 신을 내세워 살인을 합리화하는 전쟁까지 불사해 온 것이 인류사였다. 그 막대한 해독 때문에 마르크스는 일찍이 종교를 부정했던 것이다. 그러나 성직자들이 이기심이라는 본능의 힘에서 벗어나지 못했듯 당원들도 다를 것이 없었다. 인간……, 인간이란 본능적 존재에 지나지 않는 것인가. 그럼, 인간의 이성이란 무엇인가……. 인간은 이성적 존재이며, 이성의 힘은 능히 본능을 제압할 수 있다고 믿지 않았던가. 그 이성의 힘에 의해 마르크시즘이 탄생했고, 그 이상세계를 반드시 실현시킬 수 있다는 신념 하나로 평생을 살아오지 않았던가. 내가 30년 넘게 감옥살이를 하지 않고 그냥 당원으로 살았다면 나도 인민들에게 원한을 살 정도로 부패하고 타락했을 것인가. 인간……, 그것은 도대체 무엇인가. 어디까지를 믿을 수 있는 존재인가. 인간의 이성이란 본능을 이길 수 없고, 그것이 인간의 한계 아닐까. 그 '인간의 한계'가 사회주의 몰락의 절대 원인은 아닐까…….

윤혁의 생각은 여기서 멈추었다. 인간에 대한 불신과 혐오만이 의식을 가득 채우고 있었다.

그날도 점심을 먹으려고 식당에 가자 주인은 윤혁에게 신문부터 건네주었다. 단골손님에 대한 배려였다. 신문을 펼치던 윤혁은 소스라치게 놀랐다. 비전향 장기수 북송 결정. 그 충격으로 윤혁은 눈을 질끈 감았다가 떴다. 다시 보았지만 그건 틀림없는 사실이었다. 가슴이 벌떡거리고 숨이 가빴다. 그건 상상으로도 가능하지 않은, 영원히 불가능한 일이었다. 그런데 그것이 현실이 되었다. 그건, 또 전쟁이 벌어졌다는 것만큼이나, 아니 하룻밤 사이에 통일이 되었다는 것만큼이나 충격적인 사건이었다. 어찌 이런 일이 일어날 수 있는가……. 그런 세상의 격변 앞에서 정신을 차리기가 어려웠다. 남과 북의 최고권자가 정상회담을 하게 될지도 모른다는 소식은 보도되고 있었지만, 비전향 장기수를 북으로 돌려보내다니……. 윤혁은 돋보기를 자꾸 밀어올리며 기사를 읽어나가면서도 영생시 같지가 않았다.

노환이 심하고, 본인이 처자가 있는 고향으로 돌아가 눈감기를 간절히 원해 정부는 인도주의적 차원에서 북송의 결단을 내렸다는 것이 기사의 내용이었다. 기사는 여러 번 인도주의를 강조하고 있었다. 그러나 윤혁은 기사 어디에서도 내비치지 않았지만 이상한 정치 냄새를 맡고 있었다. 지금 추진하고 있는 정상회담과 무관하지 않으리라는 직감이었다. 그렇지만 어쨌거나 그건 놀라지 않을 수 없는 사건이었다. 그리고 '나는 어떻게 되나!' 하는 생각이 반사적으로 떠올랐다. 그러나 아내를 향해서 치달아가는 흥분을 가로막는 차가운 손이 있었다.

너는 전향자야!

전향자와 비전향자의 차이. 전향자는 대한민국의 국민이었고, 비전향자는 대한민국의 국민이 아니었다. 그 차이는 거주를 북쪽으로 옮길 수 있고, 없고의 차이였다. 다시 말해 대한민국 국민은 북쪽으로 거주를 옮길 권한도 자유도 없었다. 강압이었든 어쨌든 간에 전향서에 손도장을 눌러버린 자들은 그 권한도 자유도 없어진 거였다.

아아, 잘 죽었다. 박동건은 잘 죽었어.

윤혁은 탄식처럼 이 말을 뇌었다. 먼저 간 그가 언뜻 부럽기도 했다.

강민규는 다음 날 일찍 찾아왔다.

"그거 개인적으로 볼 때는 참 잘된 일입니다. 6·25 때 헤어졌던 처자식을 만나게 되니 그보다 더 좋은 일이 어디 있겠습니까. 그러나 정치적으로 볼 때는 과히 유쾌하지 못하고, 문제가 적지 않습니다. 남쪽에서는 인도주의를 내세우면서 밑에 깔고 있는 정치적 의도가 한둘이 아닙니다. 정상회담을 성사시키기 위해 북에 선물을 주는 동시에, 남쪽 체제의 우월성과 현 정권의 자신감을 세계적으로 과시하고, 북의 기를 꺾자는 계산이 숨겨져 있습니다. 북쪽은 북쪽대로 그 장기수를 받아들이면서, 연쇄살인을 저지른 흉악범도 아닌 사상범에게 세계 최고 기록이 되도록 오래 감옥살이를 시킨 남쪽의 잔인성을 매도하는 동시에, 그런 최악의 상황 속에서도 끝끝내 전향을 하지 않은 그분을 불굴의 사회주의 영웅으로 떠받들어 인민들 앞에 내세우게 될 것입니다. 다시 말하면 그분은 남쪽에서나 북쪽에서나 정치 선전에 이용되고 있을 뿐이다 그겁니다. 순수한 게 있다면, 수십 년 만에 가족들을 만난다는 것, 그것 하나뿐이지요."

강민규는 마치 토론을 통해 생각을 정리하기라도 한 것처럼 이렇게 비판적 입장을 취했다.

윤혁은 꽤나 당황스러웠다. 자신과 강민규는 서로 처한 입장이 달라서 그런 것인지, 자신은 강민규처럼 남과 북을 똑같이 비판할 수 있는 그런 시각을 갖추지 못하고 있었던 것이다. 그리고 강민규가 언제부터 진보의식을 수정한 것 같은, 중도적 입장을 취하는 듯한 변화를 갖게 되었는지 문득 마음이 쓰였다. 그나마 한 가지 다행인 것은 그 북송이 정상회담과 관계되어 있으리라는 자신의 짐작이 들어맞은 것이었다.

"그래……, 자네 관점이 객관적이고 명확한 것 같네. 그런데 말일세, 그 일이 좀더 다른 면으로 긍정적인 점은 없을까? 아직은 먼 얘기지만, 통일에 무슨 도움이 되는 것 같은 것 말일세."

윤혁은 신중을 기하느라고 자신이 자신의 말을 곱씹을 수 있도록 느리게 말했다.

"예, 보수 쪽에서 반대하고 나서는 것과는 반대로 진보 쪽에서는 그런 말이 돌고 있기도 합니다. 이런 일을 계기로 서로 마음을 조금씩 열어가고, 그러다 보면 차츰차츰 상호 신뢰가 쌓이면서 이해할 것은 이해하고, 용서할 것은 용서해 가면서 통일을 향해 한 걸음씩 나아갈 수 있는 게 아니겠느냐 하는 인식을 하고 있습니다. 저도 그 점에 대해서는 공감하고 있습니다."

"그래, 그렇게만 되어간다면 얼마나 좋겠나. 헌데……, 아까 자네가 말한 남북의 정치 계산이란 진보 쪽의 판단인 모양이지?"

윤혁은 강민규의 눈치를 살피며 어렵게 말을 꺼냈다.

"예, 그게 꼭 그렇지는 않습니다. 선생님도 약간은 짐작하고 계시겠지만, 쏘련의 붕괴로 진보 쪽에 변동이 일어나고 있습니다. 크게 두 가지로 나누자면, 하나는 경직되고 편협한 상태에서 소모적 논리에 치우쳐 있는 쪽이고, 다른 하나는 급변하는 현실을 직시하며 유연하고 생산적으로 균형을 잡아가자는 쪽입니다. 제가 아까 말씀드린 것은 물론 후자 쪽의 시각이고, 한국 사회에서 진보를 추구하지 않을 수 없는 입장에서 저는 후자 쪽을 택한 것입니다. 저의 태도를 어떻게 생각하십니까?"

강민규의 얼굴은 어느 때 없이 진지하고 무거웠다.

"으음, 그런 변화가 일어나리라고 짐작은 하고 있었네. 현실이 변하고 있으니 그건 당연한 일이기도 하지. 헌데, 현실을 직시한 균형이라고 했는데, 그럼 보수 쪽에 대해서는 어찌 되나?"

"예, 아시겠지만, 진보 쪽이 그렇듯 보수도 보수라고 해서 다 똑같은 보수가 아닙니다. 감정적이고 배타적이고 비양심적인 수구가 있는가 하면, 이성적이고 건설적이고 양심적인 보수 세력도 엄연히 있습니다. 그 후자의 보수 세력을 인정하고, 그들에게 박수를 보내면서 건전하게 균형을 이루어야만 우리 사회가 건강하게 된다고 생각합니다."

"그래, 세상이 달라졌으니 그런 인식을 가져야 하겠지. 허나, 그게 쉽겠는가?"

"예, 우리가 선망하는 선진 국가들은 이미 오래전부터 그런 균형과 조화를 이루어왔습니다. 물론 우리는 분단 상태에 있으니까 어려움이 좀더 많겠지만, 그럴수록 꼭 해결해야 할 문제이기도 합니다. 우리의 진보를 이끌어온 어느 학자가 최근에 '새는 좌우의 날개로 난다'는 글을 썼습니다. 바로 그 문제를 다룬 글인데, 아주 설득력이 있고 감동적입니다."

"음, 제목이 좋구먼. 새는 좌우의 날개로 난다……."

윤혁은 그 뜻을 음미하는 얼굴로 고개를 느리고 무겁게 끄덕이고 있었다.

"선생님, 정작 중요한 이야기가 있습니다."

강민규는 자리를 고쳐 앉으며 분위기를 바꾸었다.

"무슨……?"

윤혁은 여전히 그 문제에 취해 있는 눈길이었다.

"예, 여태까지 보류해 오고 있는 수기 쓰시는 것 말입니다. 북송이 이루어지고 있는 지금이 절호의 찬스입니다. 북송까지 하는 판에 수기를 출판한다고 해서 문제 삼을 리도 없고, 누가 시비를 할 리도 없습니다. 그리고 장기수 사상범들에 대해 세상의 눈길이 온통 쏠리게 된 상황입니다. 이보다 더 좋은 기회는 없습니다. 어서 시작하십시오. 그동안 많이 생각해 오셨으니까요."

강민규의 빠른 말에는 생기가 돌고 있었다.

"이 사람아, 나는 비전향자가 아니라 전향자야."

윤혁은 한숨을 쉬며 고개를 저었다.

"그게 무슨 상관이 있습니까. 전향을 할 수밖에 없었던 그 사실까지도 상세하게 쓰십시오. 그게 더 실감나지요."

"그리고 내가 누차 말했지만, 내가 한 일이 뭐가 있다고 그렇게 나선단 말인가."

윤혁의 한숨은 더 짙어졌다.

"아니 선생님, 그게 그렇지가 않다니까요. 한 사람의 일생이 정직한가 정직하지 않은가를 준별하는 기준은 여러 가지가 있을 수 있으나, 그 사람의 일생에 그 시대가 얼마나 담겨 있는가 하는 것이 중요한 기준이 된다는 말이 있습니다. 저는 그 말에 전적으로 동의하는데, 선생님이야말로 우리의 분단 시대를 온몸으로 떠안고 가장 정직하게 살아오신 분입니다. 그리고 선생님은 아무 일도 한 게 없다고 하시는데, 평생을 수난당하고 산 그것보다 더 치열한 일이 어디 또 있겠습니까. 또 중요한 사실은, 수많은 장기수들이 당한 고난은 엄연한 분단 역사의 중요한 한 페이지라는 사실입니다. 그 사실을 아무 기록도 남기지 않고 묻혀버리게 하는 것이 옳은 일입니까. 그 건 꼭 기록으로 남겨져야 할 가치가 있고, 의미가 있습니다. 그리고 수많은 사람들이 그 전모를 알고 싶어합니다. 그런데 다른 분들은 쓰고 싶어도 쓸 능력이 없어서 못 씁니다. 선생 님은 쓸 능력이 있지 않습니까. 그런데도 안 쓰시는 건 겸손 이 아니라, 죄송한 말씀입니다만, 책임 회피고 비겁입니다. 그 리고 자기 부정이고요."

"허, 자네가 아주 작심을 하고 왔구먼."

윤혁은 허전하게 웃으며 강민규를 그윽이 바라보았다.

"예, 오늘은 아주 확정을 지으려고 왔습니다."

강민규는 단호한 어투로 대꾸했다.

"글쎄……, 좀더 생각해 보세."

"아니, 더 생각하실 것 없다니까요. 그동안 얼마나 오래 미 뤄왔습니까. 뜸이 너무 들어 이제 밥이 탈 지경입니다. 하나도 어렵게 생각하실 것 없습니다. 선생님의 일생을 있는 그대로, 겪으신 그대로 일기 써나가듯 쓰시면 됩니다. 하여튼 오늘부터 바로 시작하십시오. 저는 계약서하고 계약금 가지고 2, 3일 안으로 다시 오겠습니다."

강민규는 가방을 집어들었다.

"계약서하고 계약금……?"

윤혁이 따라 일어나며 의아해했다.

"아 예, 그 말씀을 빼먹을 뻔했군요. 수기는 번역하고는 다릅니다. 소설 같은 것처럼 엄연히 저작물입니다. 그러니까 원고료를 따로 받고, 책이 팔리는 대로 인세도 따로 받게 됩니다. 인세, 그거 받는 재미가 쏠쏠할 겁니다. 만 부가 팔리면 생활비가 되고, 십만 부가 팔리면 노후 자금이 되고, 백만 부가 팔리면 부자가 됩니다. 누가 압니까, 백만 부가 팔리게 될지. 그렇게 되면 자본주의 덕 톡톡히 보시게 되는 거지요. 그럼 저는 맘 놓고 식객 노릇을 하구요. 크크크크……."

강민규는 구두를 신으며 정말 백만 부가 팔린 것처럼 흥겹게 웃었다.

윤혁은 자정이 넘도록 뒤척이고 또 뒤척였다. 심한 목마름처럼 쓰고 싶은 욕구가 간절하기도 했고, 화장철판 위에 흩어져 있던 박동건의 뼈 조각들을 보는 것처럼 덧없는 허망감이 밀려들기도 했다. 그 상반된 감정이 엎치락뒤치락하는 속에서 수기는 거침없이 씌어져나가고 있었다. 평생 겪어온 일들이 빨리 돌아가는 영화 화면처럼 줄줄이 떠오르고 있었던 것이다. 그 기억들은 그때그때의 냄새까지도 생생하게 풍기고 있어서 펜만 들면 그대로 술술 글이 될 것 같기도 했다.

윤혁은 새벽녘에야 마음을 간추렸다. 강민규가 제시한 명분과 이유를 그대로 받아들이기로 했다. 다른 것은 다 몰라도 수기를 쓰지 않아서 '자기 부정'을 하고 싶지는 않았다. 비록 남다르게 이룩한 것도, 내세울 것도 없는 일생이었을지 모르나 자기 스스로를 부정해야 하는 삶을 산 것은 아니었다. 그건 한 가닥 남은 마지막 자존심이었다. 몇 사람이 읽게 되든 보태지도 빼지도 말고 있었던 그대로 정직하고 성실하게 써나가자고 마음을 가다듬었다.

쓰기로 의지를 세우자 가장 먼저 떠오르는 것이 황 검사였다. 참 이상한 일이었다. 의식적으로라도 잊어버리고 싶은 사람인데 오히려 달려들듯이 제일 먼저 떠오르는 이유가 무엇인지 알 수가 없었다. 자신에게 사형을 구형했기 때문일까. 예상보다 한결 똑똑했기 때문일까. 그의 확신에 찬 예단이 30여 년 후에 적중했기 때문일까.

경찰을 거쳐 검찰에 넘겨졌을 때는 몸은 이미 멍들고 터지고 깨져서 만신창이가 되어 있었다. 극약 자살의 기회를 놓쳐버려 경찰 수사에 순순히 응하기로 마음먹고 있었다. 고문을 피하는 것은 그 길밖에 없었다. 일제시대에 고문을 당한 뒤로 고문에 대한 공포증이 몹시 심했기 때문이다. 그리고 수사에 순순히 응한다 해도 조직에 아무런 피해도 끼치지 않게 되어 있었다. 그러나 수사에 순순히 응하면 응할수록 고문은 가혹해져 갔다. 사실 그대로 말할수록 수사관들을 속이는 것이 되었다. 남파된 간첩이 남쪽에서 암약하고 있는 고첩(고정 간첩)과 접선할 계획이 전혀 없었다는 것을 믿어줄 수사관이 몇이나 될 것인가. 그러나 허를 찌르는 작전이었을까, 그것은 사실이었다.

"지금부터 내가 묻는 말에 예, 아니요, 하는 단답으로만 대답해. 알아듣겠나!"

검사가 묵직하게 울리는 목소리로 말했다. 눈빛 예리하고, 윤곽 뚜렷한 입술 언저리에 비웃음이 서린 듯한 검사의 얼굴은 그 목소리 때문에 더 냉정하고 도도해 보였다.

"예."

"네가 살다 온 북쪽은 사회주의 국가지?"

"예."

"네가 비밀리에 침투해 들어온 남쪽은 자본주의 국가지?"

"예."

"북쪽은 사회주의 외에 다른 주의를 인정하는가?"

"아닙니다."

"남쪽은 자본주의 외에 다른 주의를 인정하는가?"

"아닙니다."

"그런데도 남쪽에 침투한 것은 남쪽 체제를 전복시키겠다는 의도지?"

"……."

"이봐, 빨리빨리 대답해. 여긴 명상하는 데가 아니야. 남쪽을 뒤엎자는 뜻이지?"

"예."

"좋아. 그런 원대한 계획을 세웠으면 그만한 조직이 있어야 한다. 너와 접선하기로 되어 있었던 고첩을 대."

"그런 것 없었습니다."

"누굴 놀리나. 점잖게 말할 때 순순히 대. 거짓말 자꾸 하면 죄만 커진다."

"저 혼자 활동하기로 되어 있었습니다."

"세 번째, 마지막으로 묻겠다. 그 고첩이 누군가!"

"그런 것 없습니다."

"4·19 이후의 혼란을 틈타 거점을 확보할 의도였나?"

"예."

"사회주의 체제를 전복하려고 하면 북에서는 극형에 처하지?"

"예."

"자본주의 체제를 전복하려고 하면 남에서도 극형에 처하는 걸 알지?"

"예."

"너에게 마지막으로 한마디만 하겠다. 너희들이 꿈꾸고 있는 적화통일이란 그야말로 망상이다. 왜냐하면 대한민국 국민들은 공산당이라면 지긋지긋해하기 때문이다. 6·25전쟁 이후 남쪽의 모든 사람들은 공산당에 정나미가 떨어졌다. 그 증거가 바로 네가 철석같이 믿고 찾아간 친구가 너를 신고해 버렸다는 사실이다. 지금은, 사회주의에 뭔가 기대를 걸었던 해방 직후가 아니란 말이다. 6·25 때 전사한 그 많은 사람들의 가족, 그리고 일가친척들은 공산당을 원수로 대한다. 그런데 너희 수뇌부에서는 그 사실을 직시하지 못하고 지금도 해방 직후라고 생각하고 적화통일이란 어이없는 망상에 사로잡혀 있는 것이다. 결국 남파되고 있는 너희들만 불쌍하다. 두고 봐라, 공산주의란 오래가지 못한다. 사람은 짐승하고는 다른데, 사람을 짐승 다루듯이 당의 마음대로 규제하고 통제해서야 누가 좋아하겠나. 모두 함께 일해 공평하게 나눠 먹는다고? 말이야 근사하지. 그렇지만 내 것이 아닌데 어느 누가 최선을 다해 일하겠나? 그 망상이 결국 공산주의를 망치게 될 것이다. 두고 봐."

검사의 그 자신만만한 말이 검사니까 하는 검사다운 말이라고 흘려버렸었다. 그러나 정말 틀림없다고 믿었던 친구가 자신을 만난 다음 날 바로 신고를 해버렸다는 사실이 검사의 말을 전적으로 거부할 수 없게 했다. 검사의 말대로 그 친구도 사회주의에 정나미가 떨어져 그랬던 것인지, 아니면 그 살벌한 반공법에 걸리는 것이 무서워 그랬던 것인지 알 수가 없었다.

그 친구는 고등학교 때부터 절친했던 사이였다. 도시락을 나눠 먹고, 시험 때 서로 커닝을 도와주는 사이 정도가 아니었다. 막 솟기 시작하는 서로의 거웃을 보여주기까지 하며 키들거렸던 사이였다. 함께 상과대학에 진학한 것도 그런 우정 때문이었다. 한 가지 전혀 다른 점이 있었다면, 자신은 글 쓰기를 좋아했고, 그는 글 쓰는 재주가 없었다. 그는 사회주의에 공감하기는 했지만, 그저 조용히 은행원의 길을 걸어갔다. 일제 말기에 자신이 감옥살이를 할 때도 그는 열흘에 한 번씩은 꼭 면회를 왔다. 그때마다 차입금 넣는 것을 잊지 않았으니, 그는 부모보다 실한 후원자였다. 정치 행위를 전혀 하지 않은 그는 전쟁 전이나, 전쟁 때나, 전쟁 후에나 변함없이 은행원이었다. 아니, 세월의 흐름에 따라 차츰차츰 자리가 높아져가고 있었다. 북쪽에서 밀봉교육을 받는 동안에 확인된 정보에 의하면 그는 어느 지점의 부장이 되어 있었다. 그와의 우정의 밀도, 그의 비정치성, 그의 은행에서의 직위, 이런 것들이 종합적으로 평가되어 당은 최종적으로 그를 선택했다.

당이 자신에게 내린 임무는 서울 시내에 서점을 차리라는 것이었다. 서점 차리는 자금을 안전하고 손쉽게 조달하려는 것이 그를 선택한 여러 이유들 중 하나였다. 4·19 이후의 혼란기에 서점을 내고, 그 경영 이익으로 다른 동지들의 활동자금을 대는 영구적 거점을 확보하라는 것이 자신에게 내려진 지령이었다. 그래서 다른 조직과의 접선 같은 계획은 아예 없었다. 서점 차릴 비용의 일부인 미국돈만 많이 소지하고 있었다.

군산 근처 해안으로 상륙하고, 기차로 서울로 잠입하고, 사흘 동안 그를 미행했다. 그의 근무처와 집을 확인했다. 출퇴근 버스 노선도 확인했다. 그리고 어느 장소에서 모습을 드러내야 가장 안전할까를 궁리했다. 눈 많은 근무처는 안 되고, 집에서도 곤란했다. 가장 안전할 수 있는 것은 퇴근 때 버스에서 내려 집으로 가는 사이였다. 혼자 걸어갈 때 대면하게 되면 아는 사람끼리 만나는 것처럼 보일 테니까 그보다 더 자연스러울 수는 없었다.

그는 피곤한 걸음걸이로 어스름 내리는 길을 걸어가고 있었다.

"이보게, 경태."

그의 서너 발짝 뒤에 이르러 목소리를 누르며 빠르게 불렀다.

"어……."

뒤를 돌아본 그는 언뜻 누구인지 알아보지 못하는 것 같았다.

"나야, 윤혁이."

그의 앞으로 한 발짝 다가섰다.

"아니, 윤혁이 자네가!"

그는 소스라치게 놀라며 주춤 뒤로 물러섰다.

"너무 그리 놀라지 말게. 오랜만이네. 걸으면서 얘기하세."

그의 손을 잡아끌었다.

"자네……, 자네 혹시……, 부, 북에서……."

그의 목소리가 당황스러웠다.

"응, 그렇게 됐네. 그렇지만 너무 겁먹지 말어. 자네 힘들게 하지 않을 테니까."

그의 손을 좀더 힘주어 잡았다.

"아니, 저어……, 그러니까 말야……, 우리 집에 들어가면 곤란해."

말을 더듬는 그의 목소리가 심하게 떨리고 있었다. 목소리 뿐만이 아니었다. 잡혀 있는 손도 떨리고 있었다.

"알고 있네. 오늘은 내일 만날 약속만 해. 내일 퇴근하고 만나 저녁 먹으면서 차분하게 얘기했으면 좋겠네. 우선 약속 장소로 자네 은행 근방에 있는 다방을 정하면 어떨까?"

"알았어. 내일 오후 7시에 궁전다방으로 해."

그는 잡힌 손을 빼며 다급하게 말했다.

"너무 신경쓰지 말어. 자네한테 크게 폐를 끼치지는 않을 테니까. 그럼 내일 보세."

"알았어, 알았어."

그는 쫓기기라도 하는 것처럼 허둥지둥 걸어갔다.

다음 날 7시 10분에 약속한 다방으로 전화를 걸어 그를 찾았다.

"미안하네. 내 마음대로 장소를 바꿨네. 길 건너 왼쪽으로 좀 걸어오면 '고향'이라는 다방이 있네."

10분쯤 지나 그가 나타났다. 그리고 그와 마주 앉으려는 순간이었다. 네댓 명의 사내들이 순식간에 덮쳐왔다.

"어……, 어……."

사내들의 완력에 무너지면서 얼핏 보니, 그는 어제 헤어질 때처럼 허둥지둥 도망치고 있었다.

줄곧 께름칙했으면서도 설마했었는데, 그 께름칙함이 적중한 것이었다. 아무런 저항도 못한 채 자살할 기회마저 놓쳐버리고 말았던 것이다.

검찰에서도 고문취조는 혹독했다. 경찰에서와 똑같이 접선하기로 되어 있었던 고첩을 대라는 것이었다. 그 검사는 더는 볼 수가 없었다. 고문취조 따위는 아랫사람들에게 맡겨버린 모양이었다. 가지고 있었던 달러가 많아 결국 단독 행위를 하려고 했었다는 것을 인정받을 수 있었다.

"넌 그래도 지옥행은 면하게 될 거야. 나쁜 짓 안 하고 초장에 잡혔으니까. 그게 다 제까닥 빨리 신고한 친구 덕이니까 그 친구한테 고마워해."

재판에 넘기면서 수사관이 한 말이었다.

그런데 검사는 사형을 구형했다. 그 순간, 그가 이미 오래전에 사형 구형을 확실하게 알려주었다는 것을 상기했다. 그가 처음이고 마지막으로 취조를 했을 때 한 말이었다.

"자본주의 체제를 전복하려고 하면 남에서도 극형에 처하는 걸 알지?"

그는, 사회주의 체제를 전복하려고 하면 북에서 극형에 처한다는 것을 먼저 확인했었다. 그러므로 남에서도 극형을 처하는 것이고, 너는 사형을 당해도 억울해하지 말라는 뜻이었다. 그는 그 정도의 논리를 갖출 만큼은 영리했다.

그런데 판사는 무기징역을 선고했다. 빨리 검거되어 대한민국에 피해를 입히지 않았기 때문이라고 했다. 검찰 수사관의 예상과 일치했다. 그건 그의 신통력이 뛰어난 것이 아니라 그런 경우의 형량이 통상적으로 그 정도인 모양이었다.

무기징역……. 그 막막하고 캄캄하고 팍팍한 형량 앞에서 비로소 친구 경태를 정면으로 응시할 수 있는 약간의 여유를 얻게 되었다. 그가 친구인가……. 아무리 생각해 보아도 그의 가슴에는 옛날의 우정은 한 가닥도 남아 있는 것 같지 않았다. 물론 그의 입장도 충분히 이해할 수 있었다. 반공법이란 것이 시퍼렇게 날선 비수로 국민들의 심장을 겨누고 있었다. 그 법은 현직 부통령도 빨갱이로 몰아 죽이는 위력을 과시하고 있었다. 그런 상황에서 그는 북에서 갑자기 나타난 친구 때문에 자신의 인생이 망가지게 되는 공포에 사로잡혔을 것이다. 그건 누구나 그럴 수밖에 없을 것이다. 그랬다면 솔직하게 말했어야 한다. 무서워 도와줄 수 없으니 더는 찾아오지 말라고. 그 한마디만 했다면 절대로 그에게 의지하지 않았을 것이다. 그런데 그는 그런 말 한마디 없이 곧바로 신고를 하고 말았다. 그 서운함은 쉽게 떼쳐지지 않았다.

그런데 감옥살이 십수 년이 지나면서 그를 마음에서 완전히 지울 수 있게 되었다. 그의 생각이 예전과는 다르게 반공주의로 바뀌어 있었는지도 모른다는 생각이 든 것이다. 그리고 생명을 내거는 사상투쟁에 나서면서 친구에게 의존하려고 했던 자신이 너무 안이하고 허술했다는 뒤늦은 회오가 커갔던 것이다. 결국 모든 책임은 자신에게 있었다.

윤혁은 원고지를 찢고 또 찢었다. 자신에 대한 이야기를 쓴다는 것은 번역과 전혀 달랐다. 번역은 원문을 충실하게 옮겨놓는 일이었지만, 수기를 쓴다는 것은 그와 다른 그 무엇이었다.

"글쎄, 어렵게 생각하지 마시라니까요. 물론 번역과는 다르지요. 그렇지만 선생님이 살아온 일생을 그대로 쓰는 거니까 크게 다를 것도 없어요. 거 일기 있잖아요. 일기 쓰듯이 편한 마음으로 써나가시라니까요. 너무 긴장하셔서 그러는데 일단 시작하면 필력이 붙어서 술술 풀려나가게 될 겁니다. 일단 쓰고 나서 다시 고치면 되니까 자꾸 원고지만 찢지 마세요. 일기 쓰듯이 쓰세요, 일기 쓰듯이."

계약서와 계약금을 가지고 온 강민규가 조급증을 드러냈다.

"이 사람 참……, 마음은 환한데 필이 뜻대로 안 돌아가니 어쩌나. 그나저나 자네 진로는 정했나? 공부를 더 하기로 한 게야?"

"아닙니다. 공부 더 해봤자 대학으로 가는 길은 앞이 캄캄한 첩첩산중입니다. 민주화운동 같은 것은 아예 생각지도 않고 공부만 해서 외국 박사를 따온 친구들도 자리를 못 잡고 허덕거리고 있는 실정입니다. 각 분야마다 박사학위 소지자들이 수백 명씩 적체되어 있는 형편이니까요. 그래서 사회운동의 연장선상에서 진보적인 시민단체를 만들 준비를 하고 있습니다."

"진보적 시민단체?"

"예, 지난번에 말씀드렸던 것처럼 건전한 보수와 생산적 진보를 조화시켜 좌우의 날개로 균형을 잡는 사회를 만들어가자는 구상입니다."

"생각은 좋은데……, 활동을 하자면 자금 문제도 따를 것이고, 그게 가능하겠는가?"

"예, 자금은 순수한 시민들의 회비와 후원금으로 충당해 나갈 계획입니다."

"시민들의 회비……, 후원금……?"

"예, 그걸 회의스럽게 생각하실지 모르지만, 얼마든지 실현 가능합니다. 왜냐하면 지난 80년대의 줄기찬 사회운동을 통해오면서 우리 사회의 시민의식은 엄청나게 변화하고 발전했기 때문입니다. 지금 모든 사람들은 우리 사회가 바르고 깨끗하고 믿을 수 있는 사회가 되기를 원하고 있습니다. 그러나 생업을 가진 시민들이 직접 나서기는 어렵습니다. 정치권과 경제권이 서로 결탁하고 야합해서 저지르는 비리와 불의를 끊임없이 감시·감독하고, 그 잘못을 폭로하고 올바르게 시정하는 일을 시민단체가 대신해 나가는 것입니다. 시민의 입장에서 시민의 삶을 위해 그런 일을 해나가는데 시민들이 호응하지 않을 리가 없습니다. 우리가 선망하는 선진국들이 오늘처럼 된 것도 수많은 시민단체들의 역할이 절대적이었습니다."

"그런가. 외국의 실태는 어떤데?"

"예, 선진국마다 5만을 넘어 10만에 이르는 시민단체들이 활동하고 있습니다. 그 단체들이 사안에 따라 서로 연합하고 협력하여 투쟁하기 때문에 그 힘은 어마어마합니다. 그 단체들은 전부 시민들의 회비나 후원금으로 운영됩니다. 그러니까 그 당당한 도덕성 앞에서 정치 비리나 경제 협잡 같은 것은 용납될 수가 없습니다. 우리나라도 건강한 민주주의 사회, 투명한 민주주의 국가가 되려면 빨리 진보적 시민단체들을 많이 만들어가야 합니다.”

“음, 나 같은 늙은이는 미처 생각지 못한 일이로구먼. 서광이 비치는 일이니 꼭 성사되도록 매진하게나.”

“예, 저는 그 일에 매진할 테니 선생님께서는 글쓰기에 매진하셔야 합니다.”

“그 사람 참, 집요하기는.”

윤혁은 애꿎게 원고지를 찢어대다가 문득 그 시민단체라는 것에 생각이 빨려들고는 했다. 그 일이 잘 이루어지기만 한다면 큰 의미가 있을 것 같았다. 사회를 병들고 망치게 하는 가장 큰 두 집단이 정치권이고 경제권이었다. 정치권은 권력을 가지고, 경제권은 금력을 가지고 비리와 불의를 저질러댔다. 그리고 두 세력은 서로의 이익과 욕심을 채우기 위해서 언제든지 야합과 결탁을 서슴지 않았다. 그 행태가 얼마나 오래되고 심했으면 ‘정경유착’이란 말까지 생겨났을 것인가. 그 부정과 타락을 감시하고 저지해서 바르고 깨끗한 사회를 만들어가는 진보운동. 젊은 강민규에게 잘 어울리고, 변화를 요구하는 세상에서 제대로 선택한 길 같았다. 자신이 젊었더라도 가능성 희박한 대학교수의 길보다는 그 길을 택했을 것 같았다.

인간다운 세상을 만들어가기 위해 앞장서는 것, 그것은 대학 교수를 하는 것에 못지않은 의미 있고 큰 일이었다. 강민규 한테서 또 문득 자신의 젊은 날을 보고 있었다. 그런데 불현 듯 한 가지 생각이 스쳐갔다. 선진국들에 그 많은 시민단체들 이 있다면, 사회주의 국가들에는 시민단체들이 있었을까, 없 었을까……. 정치권을 감시한다는 것은 사회주의 사회에서는 당을 감시한다는 것인데, 인민들이 자율적 조직체를 만들어 당을 감시한다?……, 어림없는 이야기였다. 사회주의는 시민 단체들을 용인하지 않아 몰락했을 수도 있다……. 윤혁은 이 런 엉뚱한 생각으로 빠져들기도 했다.

윤혁은 고심 끝에 서해안으로 침투하는 장면부터 쓰기 시 작했다. 언제, 어디서, 누구의 몇째 아들로 태어나서, 하는 식 으로 쓰고 싶지 않았다. 수기의 그 흔한 서술 방식은 너무 평 면적이어서 쓰는 사람도 지루할 텐데 읽는 사람은 더 말하여 무엇하랴. 이야기를 입체적으로 엮어가면서 과거의 이야기는 필요한 대목대목에서 삽입시키는 방법으로 연결하기로 했다.

"동무, 사업이 성공리에 진행되기를 바라겠소. 만약 사업이 여의치 못해 물러서야 한다면 한 달 후 이 날짜, 이 시간, 이 장소에서 첫 번째 접선이 이루어집니다. 그리고 두 번째 접선 은 두 달 후 똑같은 방법입니다. 명심하기 바랍니다."

안내원의 목소리가 어둠 속에서 침착했다. 구름이 끼어 별

조차 보이지 않는 어둠은 옆사람의 얼굴이 보이지 않을 정도로 짙고 짙었다. 안내원은, 비는 오지 않고 구름만 끼어 그렇게 어둠이 짙은 것은 아주 좋은 징조라고 했다. 그만큼 어둠이 침투의 은폐물이 되어준다는 거였다. 비가 오면 상륙하는 동안에는 빗소리의 덕을 볼 수 있지만, 상륙한 다음에는 젖은 옷 처리가 골치 아프고, 그게 잘못되어 일을 망치는 수도 있다는 것이었다.

역시 먹빛 어둠은 몸을 감추는 두꺼운 옷이 되어주었다. 뻘에 발이 푹푹 빠지는 갈대밭 속에 이르자 안내원은 등을 살짝 치는 것으로 작별 인사를 하고 돌아섰다. 그 순간, 혼자라는 생각과 함께 두려움과 외로움이 서해의 파도처럼 몸을 덮쳐왔다. 몸이 바짝 조여드는 위축감에 맞서려고 두 주먹을 부르쥐며 이를 앙다물었다. 그때 언뜻 떠오르는 것이 있었다. 엉뚱하게도 아내의 얼굴이었다. 전혀 예상하지 못한 일이었다. 그런 상황에서는 의당 공화국의 깃발이 떠오를 줄 알고 있었다. 북의 모든 소설들이 그렇게 묘사하고 있었고, 모든 영화 또한 그렇게 그려내고 있었다. 그래서 모든 사람들은 그렇게 믿고 있었다. 그런데 느닷없이 아내의 얼굴이 떠오르다니……, 내가 당성이 빈약한 것인가 하는 생각과 함께 당황스럽고 죄짓는 기분이었다. 그런데 아무에게도 솔직하게 속을 드러낼 수 없는 그 일은 그 후로도 고쳐지지 않고 계속되었다. 체포되었을 때도 아내는 나타났고, 혹독한 고문을 당할 때도 아내는 나타났고, 사형이 구형될 때도 아내는 나타났다. 자기 자신의 마음을 자기 스스로도 알 수 없는 현상이었다. 언제나 당을 위해서 일하는 것이 최고의 보람이고 최대의 가치였다. 아내 역시 마찬가지였다. 그랬기에 남쪽으로 가는 통일사업이 풍랑 거센 바다로 뛰어드는 것이나 다름없다는 것을 알면서도 주저나 불만 같은 것은 전혀 없었다. 아내도 당의 부름을 흔쾌하게 받아들이며, 당의 신뢰를 그렇게 받고 있다는 사실을 자랑스러워하기도 했다. 사람의 마음이란 해득하기 어려운 여러 겹의 난해한 그림으로 이루어진 것인지도 몰랐다.

한 달 후에 배는 그 지점에 왔을 것이다. 또 한 달 후에도 왔을 것이다. 그리고 사업이 성공했다고 믿었을 것이다. 그러나 예정됐던 교신이 오래도록 이루어지지 않자 사업 실패를 알게 되었을 것이다. 당에서는 그 사실을 아내에게 알려주었을까…….

군산에서 버스로 이리로 나오고, 이리에서 기차를 갈아탔다. 기차를 타고서야 약간이나마 긴장이 풀리는 것을 느꼈다. 기차가 천안을 지날 때 고향이 밀물져 왔다. 충주까지는 버스를 타야 하는 길이었다. 북행길이 급해 만나지 못하고 헤어졌던 가족들의 얼굴이 괴로움으로 밀려들었다. 위험하기 때문에 고향에는 아예 접근하지 않기로 되어 있었다.

"왜 나라가 금허는 일을 허니라고 고생을 사서 허고 그려. 일정 때는 일정 때닝게 그랬다고 혀도, 인자 나라가 허라는 일만 허고 살어. 그러면 그 잘허는 공부로 한평생이 편안헐 것 아니여."

가끔 얼굴을 대할 때마다 어머니는 안타까워하며 이렇게 말하고는 했었다. 어머니가 그렇듯 아버지도 사회주의를 이해하지 못했다.

"그야 말은 옳다만 세상사가 어디 그리 생각대로 쉽게 된다더냐. 세상사란 장사가 힘 불끈 써서 씨름판 뒤엎는 식으로 되는 것이 아닌 것이여."

아버지가 혀를 끌끌 차며 하는 말이었다.

"……무기형을 선고한다!"

그 순간 캄캄했던 어둠이 번쩍 밝아지는 것을 느꼈다. 햇빛이 비치는 것도 아닌데 눈이 부셨다. 그 눈부심은 환희였다. 살아났다는 환희. 분명 사형일 거라고 생각하고 있었다. 죽을 각오로 마음을 다지고 다져왔었다. 그런데 무기였다. 그 갑작스러움에 살아났다는 환희가 솟구쳐오른 것이었다. 그렇게 살고 싶어했던가……, 나는 겨우 이 정도밖에 안 되는가……, 그런 자괴감과 면구스러움은 그다음에 생겼다. 그리고 무기징역의 막막함과 암담함은 감옥살이가 시작되면서 커져갔다.

"거기서 그냥 살지 뭐 할려고 와."

처음 면회를 온 아버지가 한 말이었고,

"이럴려고……, 이럴려고……."

어머니는 이 말만을 되풀이하며 내내 울었다.

"더 면회 오지 마세요."

자신이 할 수 있는 말은 이것뿐이었다.

형은 술병으로 아버지보다 먼저 세상을 떠날 때까지 한 번도 면회를 오지 않았다.

"도련님이 그래서 그 무서운 죄 쓰고 쫓겨나게 되었지요. 그 뒤로 허구한 날 술만 마셔대니 누가 말리겠어요."

어머니를 모시고 온 형수가 어머니를 대신해서 어렵게 한 말이었다. 형수는 연좌제를 '그 무서운 죄'라고 했다. 공무원이었던 형은 동생 때문에 쫓겨나 술주정뱅이가 된 거였다.

그런데도 형수는 어머니를 모시고 한 달에 한 번씩 꼭 면회를 왔다. 전주로 이감을 하면 전주로, 대구로 이감을 하면 대구로 변함없이 찾아왔다. 그것이 거역할 수 없는 시어머니의 뜻을 따르는 행위였는지, 무한정 긴 옥살이를 하는 시동생을 딱하게 생각해 스스로 우러나서 하는 일이었는지 알 수가 없었다.

면회가 끝날 때면 자신은, 이제 면회 오지 말라는 말을 작별 인사 대신 하고는 했다. 그러면서도 보름이 지나면 면회

날짜를 하루하루 꼽고는 했다. 그런 마음 또한 얄궂었다. 그러나 두 마음 다 어찌할 수 없는 진심이었다. 어머니와 형수가 먼 길을 오가는 것이 너무나 죄송하고도 고마웠다. 그런데 마음과는 달리 죄송하다는 말도, 고맙다는 말도 나오지 않고 고작 나오는 소리가, 이제 면회 오지 마세요, 였다. 또한 어머니와 형수의 면회는 무기 징역살이 죄수에게 오로지 하나뿐인 기다림이었고 그리움이었다. 기한이 없이 그 끝이 어디인지 모를 감옥살이만이 힘드는 것이 아니었다. 어둡고 좁은 독방살이는 사람의 정신을 삥 돌게 만드는 감옥 중의 감옥이었다. 어머니와 형수의 면회는 그 독방살이의 공포스러운 고통을 이겨내게 하는 힘이었다.

아버지는 첫 면회를 한 다음에 발을 끊었다. 어머니는 아무 말이 없었고, 자신은 그 속말을 다 알아들었다. 그런데 감옥살이 15년쯤 되어 아버지가 면회를 오셨다.

"이제 그만 마음을 돌려라. 너도 살고, 일가친척들도 살아야 될 것 아니냐. 그동안 너 하나 때문에 일가친척들이 어떤 일을 당했는지 아느냐. 신세 망친 그 사람들 이제라도 좀 편케 살게 해줘얄 것 아니냐. 그러니 어서 마음 돌려라. 네 눈으로 보듯이 이 애비 얼마 못 산다. 마지막 소원이다. 효도하는 셈 치고 어서 마음을 돌려라."

병색이 완연한 아버지가 숨을 몰아쉬고, 숨을 헐떡거리며 하신 말씀이었다. 그때는 강제 전향이 기승을 부리고 있을 때였다. 폭력 행사 외에도 아버지까지 동원했음을 눈치채기는 어렵지 않았다. 병이 깊은 아버지의 모습……, 마지막 소원……, 효도하는 셈 치고……, 그 면회 시간이 기나긴 감옥살이 중에서 가장 괴롭고 고통스러웠다. 그들의 그런 의도를 알면서 아버지의 마지막 소원을 들어드릴 수 없었고, 마지막 효도도 할 수 없었다. 아버지는 둘째아들의 매정함에 충격을 받았던 것인가, 인명재천이 거기까지였던가, 이내 돌아가셨다.

아버지는 그들의 회유 때문에 그렇게 말했던 것일까. 아니면, 그런 기회가 주어져 그동안 말하지 못했던 진심을 토로했던 것일까. 또한, 그들의 시도와 전혀 상관없이 아버지가 딴 때에 오셔서 진정으로 그렇게 말씀하셨다면 자신은 어떻게 했을 것인가……. 이 문제도 풀기 어려운 수수께끼의 하나가 되었다.

너를 이대로 두고는 눈을 못 감는다고 말씀하시곤 했던 어머니는 더는 견딜 수 없었던지 감옥살이 19년째 되던 해에 떠나시고 말았다. 그런데 형수는 혼자서 어김없이 한 달에 한 번씩 면회를 왔다. 어머니가 살아 계셨을 때와 똑같이 영치금도 넣었다. 그건 꼭 시어머니의 유언을 실천하는 것이라고만 할 수는 없었다. 형수의 그 뜨거운 애정이 어머니의 사랑과 다를 것이 없었다.

"형수님, 제발 면회 그만 오세요. 혼자 조카들 데리고 사시기가 이만저만 힘들지 않으실 텐데, 정말 오지 마세요."

고마움이 온통 죄스러움이 되어 그 말을 하고 또 할 수밖에 없었다.

"이리 사는 사람도 있는데 맘대로 활개치고 사는 사람들이 뭐가 힘들어요. 세상이 점점 좋아져서 저만 부지런하면 먹고 사는 일은 아무 걱정 없어요."

오래 살다 보면 며느리도 시어머니를 닮는 것인지 형수는 꼭 어머니처럼 말하고는 했다.

그런데 혼자 사는 고달픔을 이겨내기 어려웠던 것인가. 형수는 4년이 지나 저승길로 떠나가고 말았다. 그 충격은 어지럼증으로 나타났다. 아니, 어지럼증은 몇 개월 전부터 몸을 괴롭히기 시작했다. 그런데 형수가 떠나게 되자 그 증상은 부쩍 심해져갔다. 면회를 올 사람이 없어진 단절감이 독방 공포증과 겹쳐진 때문인지 몰랐다.

갑자기 숨이 막히거나 가슴이 터질 듯이 답답해지고, 이명과 함께 환청이 들리고, 눈만 붙였다 하면 악몽에 시달리게 되는 어지럼증은 두 가지의 공포가 겹쳐지면서 생긴 병인 것 같았다. 영락없이 관처럼 생긴 좁은 독방에 혼자 오랜 세월 갇혀 있으면서 생긴 폐쇄공포증은 무척 견디기 어려웠다. 그런데 폭력배들을 동원한 강제 전향이 자행되면서 폭력에 대

146

한 공포증이 겹쳐진 것이다. 기술이란 익힐수록 숙달이 되는 것이지만 폭력을 당하는 데는 숙달이 없었다. 폭력은 당할수록 지난날 당했던 폭력의 기억들이 되살아나면서 공포증을 증폭시켰다. 폭력의 고통을 세세하게 기억하는 몸은 위축되고, 폭력 앞에서 아무 힘이 없는 허약한 자신을 바라보는 것만큼 비참한 공포가 어디 있을 것인가.

독방공포증이 잠이 잘 오지 않는 불면증으로부터 서서히 시작된 것은 감옥살이가 15년쯤 되었을 무렵이었다.

"저것들은 뭐야. 뭐, 간첩? 빨갱이 새끼들! 저런 것들은 당장당장 쏴 죽여버렸어야지 아까운 국민들 세금 가지고 뭘 먹여 살리고 그래. 저 새끼들 일절 작업시키지 말고 모두 독방에 처넣어버려!"

작업장을 시찰하던 새로 온 소장, 육군 대위의 외침이었다.

붉은 헝겊을 단 그들에게 5·16은 그렇게 왔다. 그 뒤로 그들은 작업장에서 일했던 자유를 꿈에서나 그리며 독방에 시체처럼 처박혀야 했다. 작업장에서 지극히 제한된 자유나마 누리며 일을 했더라면 독방공포증은 생길 리가 없었다.

독방은 혼자 눕기조차 불편할 만큼 좁은 것만이 아니었다. 햇빛이라고는 거의 들지 않아 언제나 어둠침침했다. 면적이 좁아 3면 벽이 더 견고하고 높게 보이는 저 위 천장에는 몇 촉인지 모를 조그만 전구가 희미한 빛을 가까스로 내고 있었고, 두 뼘이 될까 말까 한 창이 천장 가까이에 빠끔하게 뚫려 있었다. 그러나 그 좁은 공간에서도 마음대로 움직일 수 없었다. 아예 두 팔은 자유롭게 휘둘러댈 수 없으니까 제자리걸음으로 다리운동이라도 하려고 일어나면, 앉아! 앉아! 하는 교도관의 외침이 날아들고는 했다.

그 관 속에 갇혀서 치러내야 하는 가장 어려운 싸움이 무한량으로 쌓여 있는 시간과의 싸움이었다. 그 싸움에서 자신을 구하는 길은 무엇이든 읽는 수밖에 없었다. 그러나 책에 의지하는 것도 한계가 있었다. 너무 오래 말을 못하니까 혀와 턱이 굳어지는 느낌이 자꾸 들고, 말을 잊어버릴 것 같은 두려움이 생기기도 했다. 그래서 혼자 중얼거리기도 하고, 책을 읽으면서 자문자답을 하기도 했다. 어떤 때는 옛날을 회상하며 벽과 대화를 하다가 지나가는 교도관을 놀라게 해 호통을 맞기도 했다. 아무리 책을 파고들고, 아무리 옛 기억들을 떠올리며 공상을 해도 감옥의 시간은 언제나 팔팔한 기세로 버티고 있었다. 지긋지긋하다 못해 넌덜머리가 나는 그 지루함에 지치며 인생이란 어지간히도 길고 길다는 어이없는 생각을 하기도 했다. 누구나 인생이 허망하게 짧다고 말하지만 그건 감옥살이를 한 번도 해보지 않은 행복한 사람들의 넋두리일 뿐이었다.

그 관 속에 오래 갇혀 있다 보면 이상하게도 옛 기억들도 퇴색하고, 공상도 고갈되어 갔다. 바로 코앞에 와 닿는 벽을 바라보고 있으면 가슴이 답답해지고, 숨이 막히는 것 같다가 끝내는 그 벽이 차츰차츰 앞으로 다가드는 착각이 일어나고는 했다. 그런 압박감에 눌리지 않으려고 눈을 감고 옛날의 즐겁고 유쾌했던 일들만을 떠올리려고 애썼다. 그런 기억들에 젖어들며 공상을 펼치고 나면 한결 기분이 개운해지고 새 기운이 도는 것 같았다. 꽃들이 만발한 봄 동산, 새하얀 파도꽃이 끊임없이 피어나는 푸른 바다, 형형색색의 단풍들로 물든 가을 산, 가을바람에 물결치는 은빛 억새꽃들의 군무, 영롱하게 반짝거리는 별들이 곧 쏟아져 내릴 것처럼 휘늘어진 여름밤, 하늘이 그 모습을 바꾸어 이 세상에 내려온 것 같은 백설 덮인 산야, 찬란하고 황홀하게 불붙어 타는 노을, 공상을 펼치기 좋은 이런 풍광들도 기분을 전환시키는 효과가 컸다. 그러나 감옥의 세월에는 무슨 독이 들어 있는지 갈수록 그런 기억들을 희미하게 퇴색시켰다. 그 소중한 기억들이 흐려지고 멀어지는 것이 두려워 생생하게 살려내려고 안간힘을 썼지만 부질없는 짓이었다. 그런 기억들을 차츰차츰 잡아먹고 있는 범인은 불면증이었다.

밤마다 찾아오는 불면증은 날이 갈수록 몸집이 커지고 기운이 세졌다. 그놈과 싸워 이기려고 수없이 뒤척거리고, 수를 세어나가고, 기를 쓰고, 발버둥치고, 몸부림쳤지만 아무런 효과가 없었다. 불면증이 심해지면서 머리가 아프더니 어지러움이 시작되었다. 그리고 어지럼증은 갑자기 숨 막히는 가슴 답답한 증상을 불러왔고, 거기에 더하여 이명이 생기더니 환청이 들리기 시작했고, 끝내는 악몽으로 사람을 미치게 만들었다.

악몽은 처음에는 며칠에 한 번씩 찾아오다가 몇 개월이 지나면서부터는 그 빈도가 잦아져 마침내 밤마다 눈만 감으면 험악한 얼굴로 덮쳐왔다. 심지어는 낮에 깜빡 졸아도 가위눌려 소리치게 만들었다.

흔히들 꿈은 생시의 일이나 생각이 잠결에 나타나는 것이라고 하지만, 그건 꼭 맞는 말은 아니었다. 악몽은 생시에 전혀 생각하지 않았던 것들이 끔찍하고 흉악한 모습으로 나타났다. 술 취한 형이 발가벗은 자신의 전신을 큰 칼로 마구 찔러대고 있었고, 조카와 친척들에게 둘러싸여 온몸이 피투성이가 되도록 두들겨 맞고 짓밟히고 있었고, 어머니가 자신을 애타게 부르며 불길 속에서 몸부림치고 있는데 자신의 발은 땅에 딱 붙어 한 발짝도 뗄 수가 없었고, 자신이 문을 열고 들어갔는데도 알몸인 아내가 어느 놈과 그 짓을 하며 생글생글 웃고 있었고, 아버지가 험상궂은 얼굴로 자신의 목에 올가미를 씌워 나뭇가지에 매달고 있었고, 어느 공동묘지를 헤매는데 눈에 파란 불을 켠 귀신들이 기다란 사람 뼈를 휘두르며 쫓아오고 있었고, 하나밖에 없는 창문으로 빠져나오는

데 창문이 자꾸 줄어들어 숨 막히게 목을 조여오고 있었고, 감옥을 탈출하다가 간수들에게 쫓겨 까마득한 낭떠러지 끝의 돌에 매달려 발버둥치고 있었고, 폭풍이 휘몰아치는 속에서 배가 뒤집혀 거친 파도에 휩쓸리며 물을 먹다가 시퍼런 바다 속으로 빠져 들어가고 있었고, 전향을 강요하는 폭력배들이 자신의 가슴이고 어깨고 허벅지에서 살을 도려내 지글지글 구워 안주로 씹어대며 술을 마시고 있었다.

이런 악몽에 시달리면서 으레 비명을 질러대는 모양이었다.

"이봐, 이봐! 정신 차려, 정신!"

가까스로 악몽에서 깨어나면 교도관들이 철문을 두들기며 소리치고 있었고, 전신은 식은땀으로 젖어 있고는 했다.

"이봐, 정신 똑바로 차려. 그러다가 정말 저승사자한테 잡혀가게 되니까."

"이거 또 미쳐 죽는 놈 하나 생기게 생겼네."

교도관들이 이렇게 내쏘며 혀를 차고 돌아서기도 했다.

차라리 잠 속에서 그대로 죽었으면 싶었다. 악몽이 계속되면서 자신이 조금씩 미쳐가고 있다는 것을 느끼고 있었다. 독방살이에서 정신이상이 생겨 죽은 사람이 한둘이 아니라는 말을 들은 적이 있었다. 완전히 미쳐서 자기 자신이 미친 줄도 모르는 추한 상태가 되기 전에 죽고 싶었다.

악몽의 끔찍함 못지않은 것이 환청이었다. 환청은 어둠과

찰떡궁합이었다. 날이 어두워지기 시작하면 음산하고 소름끼치는 모습을 불쑥불쑥 드러냈다.

어디선가 이리 오너라, 이리 오너라 하는 소리가 끊임없이 들려오고, 여자들의 곡성과 흐느낌 소리가 계속 들려오고, 고문당하고 있는 비명 소리가 몸서리치게 들려오고, 수많은 군홧발들이 저벅거리는 소리가 끝없이 이어지고, 똑똑똑 철문 두드리는 소리가 끊어졌다 이어지고 끊어졌다 이어지고, 여자들의 간드러지는 웃음소리가 사방에서 들려오고, 총소리와 폭음과 비명이 뒤섞여 울리고, 날카로운 호루라기 소리들이 숨가쁘게 울려대고, 거친 바람 소리와 천둥 소리가 뒤범벅이 되어 울리고, 수십 마리의 개들이 여기저기서 정신없이 짖어대고 있었다.

그런 환청에 부대낄 때마다 또 자신도 모르게 소리를 지르고는 했다. 귀를 아무리 틀어막아도 그 무시무시하고 지긋지긋한 환청들은 막아낼 수가 없었다. 그 소리들은 외부에서 들리는 것이 아니라 육신의 내부에서 일어나는 것이기 때문이었다.

"이봐, 정신 차리라니까! 이거 갈수록 태산이네."

"이거 고질병에 걸렸네. 아무래도 일나게 생겼어."

교도관들이 흘리고 가는 소리였다.

너무나 괴롭고 힘들어 어느 순간에는 불현듯 자살 충동이 일고는 했다. 날로 심해져가는 그런 증상에 시달리다가는 끝내 미치광이가 될 수밖에 없었다. 그렇게 되기 전에 죽어야 했다. 어머니도 떠나고 형수도 떠났으니 이제 자신을 찾아올 사람은 아무도 없었다. 그래, 깨끗하게 죽자! 감방 안에서는 자살 도구가 될 수 있는 것은 미리미리 철저하게 제거하고 있었다. 그러나 자살할 방법은 있었다. 혀를 빼물고, 철문 쪽에서 맞은편 벽을 향해 있는 힘껏 내달아 머리로 벽을 들이받는 것이었다. 교도관들마저 잠드는 심야에 그 일을 결행하면, 재수가 좋으면 뇌진탕에 걸림과 동시에 혀가 잘려 틀림없이 죽게 되는 것이다. 재수가 좀 좋지 않아 뇌진탕이 안 되고 혀만 잘린다 해도 밤새껏 피가 흘러나오면 편안하게 죽어갈 수 있었다. 피를 흘리며 죽어가는 것이 가장 평안한 죽음이라고 했다. 그리고 혀는 질긴 힘줄도 없고 부드러워 아주 쉽게 잘린다고 했다.

어느 날 밤 자살을 작심하고 혀를 길게 빼물었다. 그 순간 앞에 누가 쑥 나타났다.

"안 돼요, 안 돼요. 이렇게 죽으려고 그 고생한 게 아니잖아요. 그러지 마세요. 저와 꼭 만나기로 약속했잖아요. 당신은 이겨낼 수 있어요. 제발 힘내세요."

앞에 서 있는 것은 아내였다. 아내는 헤어질 때의 그 모습으로 생생하게 말하고 있었다.

"여보!"

아내를 덥석 안았다. 아내는 사라졌다. 그런데 아내가 가슴에 안겼던 것처럼 가슴팍 전체로 아내의 따스한 체온이 번지고 있었다.

병세는 갈수록 심해져 결국은 아무나 가기 어렵다는, '지옥 속의 천당'이라고 불리는 병사(病舍)로 옮겨졌다. 병사는 과연 지옥 속의 천당이었다. 병사는 담 쪽에 가까운 2층 끝방인데, 그 전망부터가 가슴을 환히 트이게 했다. 담 밖이 막힘 없이 시원하게 내다보였는데, 푸른 하늘과 야트막한 야산들과 멀리 흘러가는 강줄기와 강가 유원지의 숲이 어우러진 아름다운 경치를 한눈에 바라볼 수 있었다. 항상 어둠침침한 독방에서 얼마나 그리워하고 보고 싶어했던 풍광이었던가. 그 상쾌한 조망만으로도 병이 나을 것 같았다. 병사는 전망만 좋은 것이 아니었다. 문도 잠그지 않아 마음대로 드나들 수 있게 자유로웠고, 아무 간섭 없이 누워 지낼 수 있었고, 옆방까지 가서 장기며 바둑을 둘 수도 있었다. 그뿐이 아니었다. 환자들이 한꺼번에 나가서 죄수 통제용 담이 둘러쳐지지 않은 운동장에서 오래 햇볕을 받으며 여러 가지 운동도 할 수 있었다. 햇볕을 오래 받을 수 있다는 것, 그건 얼마나 큰 행복인가. 그리고 사식까지도 맘대로 사 먹을 수 있었다. 정치범 사동에서는 꿈도 꾸지 못할 일이었다.

"예, 군이 병명을 따지자면 정신신경증이라고 해야겠지요. 이 병을 고치는 데는 아직 특효약이 없습니다. 약물 치료로는 효과를 보기가 어렵고, 딱 한 가지 방법이 있긴 합니다. 환경을 바꾸는 겁니다. 환경을 바꾸면 병세가 바로 호전되고, 몇 달이 지나면 자연스럽게 저절로 낫게 됩니다."

의무과장의 진단이었다.

입회하고 있던 보안과장이 재빨리 말을 받았다.

"그렇지. 완치시킬 딱 한 가지 방법이 있구면. 전향하라고, 전향! 전향하면 독방을 면하게 되고, 그렇게 환경이 바뀌면 깨끗이 완치될 거 아닌가."

병사에서는 세 사람이 한방을 썼다. 세 사람 다 빨간 헝겊을 달고 있었다. 그러나 그 이력은 제각기 달랐다. 특히 '효도회장'은 종잡기 어렵게 사는 걸작이었다. 평양 의과대학 재학 중에 6·25에 동원되어 서울에 왔다가 후퇴하는 인민군을 따라가지 않고 그대로 주저앉아버린 것이 그랬고, 의과와는 거리가 있는 살충제 제조공장을 만들어 성공한 것이 그랬고, 사업과는 동떨어진 효도회라는 단체를 만들어 남을 등치듯이 쉽게 돈벌이를 한 것이 그랬고, 북쪽에서 내놓은 평화통일안을 지지하는 글을 발표해 긴급조치 위반으로 빨간 헝겊을 달게 된 것도 그랬다.

"나도 사회주의를 좋아했어요. 그러나 나같이 내 마음대로 활개치며 자유자재로 살고 싶은 사람한테는 공산당이 모든 걸 다 틀어쥐고 좌지우지하는 게 생리에 맞지 않았어요. 남쪽에 잘 남은 거지요. 효도회요? 그거 처음에는 북에 계신 부모님 생각하고 이북 출신끼리 친목단체로 만든 거지요. 일단 단체를 만들면 확 표나게 하는 일이 있어야 되는데, 가장 그럴듯하게 볼품 있으면서 누구나 좋아하는 게 상을 주는 것이었어요. 거 왜 우리 속담에 찬물도 상이라면 좋아한다는 말 있잖아요. 그래서 1년에 한 차례씩 효도 잘한 사람들을 뽑아 상을 줬지요. 그런데 말입니다, 참 희한한 일이 벌어지기 시작했어요. 회원이 아닌 딴 사람들이 어떻게 하면 그 상을 받을 수 있느냐고 은근히 물어오는 것 아니겠습니까. 그런 눈치를 알고 내 마누라가 무릎을 쳤습니다. 이렇게 말하면 팔푼이 소리 듣겠지만, 대학을 나온 내 마누라는 눈치 빠르고 수완 좋고 사교성 좋기로 나보다 한수 윕니다. 마누라 말이, 이거 되는 장사니까 회원을 이북 출신으로 제한하지 말고 전국적으로 확대하자는 것이었습니다. 그래서 서울부터 시작을 했지요. 그리고 재력이 있는 사람들을 접촉해 상도 주고, 효행을 책으로 출판도 해준다고 하면 십중팔구 돈을 듬뿍듬뿍 내놓았어요. 실무를 마누라가 맡은 그 사업은 나날이 번창해 몇 년 사이에 정말 전국 조직을 갖추게 됐어요. 수입도 본사업을 뺨칠 정도가 되고요. 효도회에는 세금이 일절 없으니까요."

그는 통쾌하다는 듯 너털웃음을 웃어댔다.

"북쪽 통일안을 지지한 건 또 뭐냐구요? 예에, 거기에도 다 이유가 있지요. 효도회 조직이 커지니까 선거철만 되면 여야 국회의원 후보들이 돈을 싸들고 찾아와 굽실거리는 것 아닙니까. 마누라가 또 무릎을 쳤습니다. 별것도 아닌 것들 자꾸 도와줄 것 없이 당신이 직접 나서라. 그래서 마누라는 여당에 선 대는 건 실패하고, 차선으로 야당에 선 대는 건 성공했습니다. 다음번에 공천을 받기로 확정하고, 선명한 야당성을 지닌 경력을 쌓기 위해 그 글을 썼던 거지요. 그런데 이렇게 영광스러운 훈장을 덜컥 달게 되자 마누라는 모두가 자기 잘못이라고 몸이 달아 난리가 나고 있습니다."

그의 말마따나 그의 아내의 수완은 이만저만이 아니었다. 사식 반입은 금지되어 있었는데도 면회를 올 때마다 육적이며 어적, 명란젓, 불고기 같은 것들이 들어왔다.

"우리 속담에 돈은 귀신도 부린다는 말이 있잖아요. 크크크크……."

속담 들이대기 좋아하는 그는, 귀신도 부리는데 이까짓 인종들쯤이야 하는 투로 키들거렸다.

그가 즐기는 말투로 하자면 그는 '개처럼 벌어서 정승처럼 잘 쓰고' 있는 셈이었다. 병사에 와 있기에는 그는 혈색이 너무 좋았다. 그리고 출감할 때까지 병사에 그대로 있을지도 몰랐다. 세상에는 참 별난 사람도 다 있다 싶어 그저 바라볼 수밖에 없었다.

"윤 선생, 많이 드세요. 몸이 건강해야 그 병도 빨리 나아요."

효도회장은 끼니때마다 맛있는 사식을 선선하게 권하고는 했다.

그런 맛깔스러운 음식을 먹어본 것이 몇 년 만인가. 20년이 넘었으니 입맛이 동해 먹지 않을 수가 없었다.

또 한 사람은 고등학교 윤리 교사였다. 그는 수업 시간에 베트남전의 한국군 파병과, 미군들이 저지른 양민 학살을 비판했다가 반공법에 묶여 빨간 헝겊을 단 사람이었다. 식견이 넓은 그는 혈색 없는 얼굴이 말하고 있는 것처럼 폐병을 심하게 앓고 있었다.

"베트남과 우리나라는 오랜 세월 동안 강대국들에게 억압당하고 짓밟혀온 역사가 너무나 비슷합니다. 그런데 우리나라는 베트남에 비해 좀더 억울한 대목이 있습니다. 그게 뭐냐면, 베트남전쟁은 세계사에서 가장 잔인한 전쟁으로 세계적인 인정을 받고 국제사회의 비판이 이루어져 미국이 궁지에 몰리게 되었습니다. 그런데 우리의 6·25는 그보다 훨씬 더 잔인한 전쟁이었는데도 그냥 묻히고 말았습니다. 구체적으로 비교하면, 베트남은 8년 전쟁 동안 180만이 죽었지만, 우리의 6·25는 단 3년 동안에 3백만이 죽었습니다. 물론 6·25의 잔

혹성이 세계에 알려지지 않고 그냥 묻힌 것은 우리만의 잘못이 아닙니다. 그건 1950년대와 1970년대라는 시대 차이에서 빚어진 일입니다. 1950년대만 해도 세계의 인식 수준이 1970년대만큼 국제화되지 못했기 때문입니다. 그러나 무엇보다도 중요한 문제는 베트남은 민족통일을 이룩해 강대국들의 억압에서 벗어났는데, 우리는 그 많은 희생을 치르고도 여전히 분단되어 강대국들의 힘 아래 있다는 사실입니다. 그러나 이런 말을 공개적으로 하면 또 죄가 됩니다."

윤리 교사는 이런 말을 하는 사람이었다. 그는 자본주의의 부익부 빈익빈도 비판했고, 사회주의의 획일성과 부자유도 비판했다. 그리고 미국의 패권주의와 소련의 팽창주의를 강대국들이 저지르는 똑같은 악으로 취급했다. 그는 정치와 정치 세력을 불신하는 양심적인 지식인이었고, 진실을 말하고자 하는 모범적인 교사였다.

의무과장 말대로 환경이 완전히 바뀌어서 그런지 나날이 나아져가던 병세는 보름쯤 지나면서 거의 사라졌고, 한 달이 되자 말끔하게 완치된 것 같았다. 의무과장은 안정이 더 필요하다며 두 달을 있게 해주었다.

"독방 장기수들은 정도의 차이만 있지 거의 다 정신신경증에 걸려 있어요. 그저 마음 강하게 갖는 수밖에 없어요."

신경안정제를 처방해 주며 의무과장이 안쓰러운 표정을 지었다.

 "윤 선생, 윤 선생이 꿈꾸는 민족통일은 헛꿈이에요. 공산주의 좋아하는 남쪽 사람들 별로 없으니까요. 지조 지키는 것도 좋지만 현실을 직시하셔야지. 어지간하면 전향하도록 해요. 니나 나나 어차피 한바탕 살다 가는 인생인데."

 효도회장의 작별 인사였다.

 윤리 교사는 아무 말 없이 악수만 했다.

 독방으로 돌아와 석 달이 다 못 되어 그 무서운 병세는 서서히 다시 고개를 들기 시작했다. 꼬박꼬박 어김없이 먹은 신경안정제도 힘을 쓰지 못했다.

 다시 악몽과 환청이 극에 달해 몸부림치고 있던 어느 날, 그야말로 비몽사몽간에 전향서에 손도장을 찍고 말았다. 전향한 대가는 금세 왔다. 여럿이 갇혀 있는 일반 감방으로 옮겨준 것이다. 그나마도 환경이 바뀐 거라고 병마는 차츰 뒷걸음질 치기 시작했다.

5. 인간의 꽃밭

 수기는 넉 달이 걸렸다. 하루 평균 10매 정도씩 쓴 셈이었다. 원고지 10매면 책으로 두 페이지 반 정도이고, 그걸 읽는 데는 5분도 채 안 걸리는데, 쓰는 시간은 하루가 꼬박 들었다. 번역에 비해 세 배 이상의 시간을 쓴 셈이었다. 그러나 완료를 했으니 스스로도 놀라운 일이었다. 처음 파지를 내고 또 낼 때는 결국 이루지 못할 일이라는 낙담밖에 없었다. 그런데 강민규의 말대로 한 장, 한 장 써나가다 보니 필력이 붙고 의욕도 생겼다. 스스로의 인생을 한 편의 영화를 보듯이 되돌이키는 일이라서 글을 써나가는 내내 가슴은 축축하고 먹먹하게 젖어 있었다. 책 열댓 권의 높이로 묵직하게 쌓여 있는 원고지들을 바라보니 고단하고 고적했던 한평생을 다 털어낸 것처럼 후련하고도 홀가분했다. 그 글이 무슨 의미가 있든 없든 간에 쓰기 잘했다는 생각도 들었다.

"예, 꼭 해내실 줄 알았어요. 저는 6개월 이상 잡았었는데 이렇게 빨리 끝내시다니 이건 정말 표창감입니다. 예, 선생님 은 역시, 좀 버르장머리 없이 말해서, 독종이시니까요. 출판 사 사장이 좋아서 춤추게 생겼어요."

강민규는 기분이 들떠 연신 벙글거렸다.

"헌데, 담당 형사 일이 걱정이네. 쓰는 동안에 들키는 건 피 했지만, 책이 나오기 전에 알려야 하는 건지 어쩐지. 덜컥 책 이 나오고 나서 그 사람이 임무 수행을 잘못한 것이 되면 그 거 참 난감하고 거북한 일이거든. 그 사람은 나한테 잘한다고 했는데."

윤혁은 원고를 쓰느라고 굳어진 오른쪽 어깨를 주무르며 걱정스러워했다.

"선생님은 지나친 인도주의자라니까요. 그런 걱정 전혀 하 실 것 없어요. 세상이 엄청나게 변하고 있어서 그런 일로 문 책당할 리 없거든요. 또 만약에 그 형사와 사이가 거북하게 되면 딴 데로 이사를 해버리면 그만이고요."

"허, 그 사람 참……."

윤혁은 경희와 기준이 때문에 딴 데로 이사를 갈 수 없다

162

는 말은 하지 않았다.

강민규는 빠른 손놀림으로 원고를 보자기에 싸고 있었다.

"책은 언제나 보게 되겠는가?"

윤혁은 무심코 말을 해놓고 스스로에게 놀랐다. 벌써 자신이 한 일에 애착을 가지고 있었던 것이다.

"예, 빨리 보고 싶으시지요? 이런 책은 시기에 맞춰 빨리 나올수록 좋으니까 출판사에서 마구 서둘러댈 겁니다. 요새는 컴퓨터라는 놈이 희한하게 일을 잘 하니까 보름이나 20일 정도면 나올 수 있습니다. 야근까지 해대면 더 빨라질 수도 있구요."

"음. 헌데, 자네가 추진하고 있는 일은 어찌 되고 있나?"

"예, 계획대로 잘 돼가고 있습니다."

"그래. 나 같은 사람도 회비나 후원금을 내도 되나?"

"예, 물론이지요. 그렇지만 신경 쓰지 마세요. 선생님 경제력은 보호받아야 할 대상이니까요."

강민규는 농담조로 말하며 히죽 웃었다.

"알겠네. 자네가 나를 잘 보호해 오고 있으니."

윤혁도 농담을 받으며 마주 웃었다.

"곧 또 들르겠습니다."

강민규가 서둘러 일어섰다.

"밥때가 다 됐는데 점심 먹고 가게나."

"아닙니다, 한시가 급한걸요. 점심은 출판사에 가서 얻어 먹을랍니다."

강민규는 원고 보퉁이를 들어 보이고 방을 나섰다.

윤혁은 멀어지는 강민규를 바라보고 있었다. 그는 빼어나게 잘생긴 큰 바윗덩어리를, 무성한 잎들을 드리운 우람한 느티나무 한 그루가 걸어가는 것을 보고 있었다.

석방을 앞두고 어쩔 도리 없이 고향의 조카들에게 편지를 써야 했다. 망설이고 또 망설이다가 그렇게 할 수밖에 다른 방도가 없었다. 갱생보호소로 가지 않으려면 조카들을 연고자로 내세우는 것이 유일한 길이었다. 그러나 자신은 조카들에게 횡액만 끼친 사람이었다. 형수가 떠나고 없는데 피해만 당한 조카들이 연고자로 나서줄 것인지 심히 걱정스러웠다. 가족이나 친척들이 있는데도 외면당해 갱생보호소로 가는 사람들이 더러 있는 형편이었다. 편지를 몇 번씩이고 고쳐 써야 했다. 절대로 생활의 폐는 끼치지 않을 테니까 연고자 노릇만 한번 해달라고……, 그렇게 쓰기 어려운 편지도 처음이었다.

고맙게도 조카들은 연고자 노릇을 해주었다. 그러나 그것뿐이었다. 그들은 웃음 한번 나누려고도 하지 않았다. 다른 친척들도 냉담하기는 마찬가지였다. 오랜만에 찾아든 고향은 더욱 낯설고 스산하기만 했다.

"자네가 다 이해해야 허네. 자네 때문에 저 사람들 신세가 다 거덜났으닝게. 자네 형수가 눈감음서 유언을 해서 그나마 조카들이 나선 것이네. 한 달에 한 번씩 면회를 다니라고 했거든."

어렸을 적 친구가 한 말이었다.

그 눈길 돌릴 데 없는 땅은 또 다른 독방이었다. 거기서 자신을 구해준 것이 강민규였다.

너무 긴장하고 과로했던 탓인지 실실 몸살 기운을 앓으며 며칠인가를 보냈는데 다시 강민규가 찾아왔다.

"선생님, 책이 나오기 전에 미리 준비할 것이 있어서 왔습니다. 저와 얘기하는 동안에 책에 쓸 사진부터 찍으시고, 또 한 가지 의논할 것이 있습니다."

강민규의 뒤에는 큰 가방을 메고 사진기를 목에 건 사내가 웃고 서 있었다.

"사진? 이게 무슨 소리야. 미리 말을 했어야 이발도 좀 하고 그러지……."

윤혁은 당황스레 허둥거렸다.

"크크크……, 그러실 줄 알고 미리 말씀 안 드린 겁니다. 사진 찍는다고 이발하고, 기름 바르고 하는 건 옛날에나 하던 촌스러운 짓이라구요. 있는 그대로 찍는 게 자연스럽고 멋진 겁니다."

"그래도 그렇지 이 사람아, 이 꼴 이대로 사진이 나가면 나도 그렇지만, 보는 사람들한테도 예의가 아니지."

윤혁은 팔과 고개를 함께 내저었다.

"아닙니다, 선생님. 아주 좋습니다. 정 신경 쓰이시면 윗도리나 한번 갈아입어 보시지요."

사진사가 거들고 나섰다.

"이 사람들이 요샛말로 짜고 치는 고스톱일세."

"하하하하……, 선생님도 그런 농담 할 줄 아시는군요. 예, 그렇게 말씀하시니까 훨씬 젊어 보이십니다."

강민규와 사진사가 웃어댔다.

"이거 왜 이러나. 애들이 쓰는 그보다 더한 신식 말도 다 알고 있네."

윤혁은 이렇게 대꾸하며 허름한 비닐 옷장 쪽으로 돌아섰다.

"두 분은 그냥 편안하게 말씀 나누십시오. 그동안에 찍겠습니다."

윗도리를 정해준 사진사가 말했다.

"선생, 의논드릴 것은 다른 게 아니라, 며칠 있다가 책이 나오면 바로 서너 군데 신문에 인터뷰를 했으면 합니다."

강민규가 자리 잡고 앉으며 말했다.

"인터뷰……?"

윤혁이 의아한 반응을 보였다.

"예, 남과 북이 급속도로 접근하고 있는 분위기인 데다가, 이런 책이 최초의 일이라 신문들이 관심이 많습니다."

"글쎄에……"

윤혁은 말꼬리를 길게 끌며 눈길을 아래로 떨구었다.

"그러니까 그걸……"

강민규는 여기서 말을 멈추었다. 입을 꾹 다문 상대방의 골똘한 침묵이 말을 더 못하게 했다. 사진기는 더 다급하게 번쩍번쩍 불꽃놀이를 하고 있었다.

윤혁의 침묵은 길었다.

강민규는 묵묵히 침묵이 풀리기를 기다렸다.

"그건 안 하는 게 좋겠네."

마침내 윤혁이 말했다.

"예, 뭐가 걸리십니까?"

강민규는 무엇인가 간파해 내려고 윤혁의 눈을 주시했다.

"보게, 자네도 대충 짐작하고 있겠지만, 독자들의 눈길을 끌려고 기자들이 자극적인 질문들을 해댈 것 아니겠나. 예를 들자면, 쏘련의 몰락을 어떻게 생각하느냐, 그 원인이 뭐라고 생각하느냐, 그런 예상을 했느냐 못 했느냐, 북쪽 정권을 어떻게 생각하느냐, 북쪽의 굶주림을 어떻게 생각하느냐, 북쪽의 장래는 어떻게 될 것 같으냐, 이런 식으로 물어온다면 내가 어떻게 해야 하겠는가. 난 그런 질문에 답할 자격도 능력도 없는 사람이네. 그러니 나서지 않는 게 옳지."

"아 예, 선생님 판단이 정확하십니다. 그럼, 그건 없었던 일로 하지요."

강민규는 조금도 지체하지 않고 말했다. 아쉬워할 출판사 사장의 얼굴이 떠올랐지만 어쩔 수 없는 일이었다. 그렇지 않아도 상처 많고 죄의식 많은 분에게 그런 난처한 역을 맡길 수는 없었다.

"선생님 책이 재미있다고, 이거 말이 좀 이상합니다만, 하여튼 직원들한테 대인기입니다. 이젠 부자 될 꿈만 꾸고 계세요. 그때 저 괄시하지 마시구요."

강민규는 농담 남기는 것을 잊지 않고 집을 나섰다.

열흘쯤 지나 윤혁은 책을 받아들었다. 그 순간 울컥 눈물이 나오려고 했다. 그건 예상하지 못했던 감동이었다. 그래도 이것 하나는 남겼구나…… 하는, 뭐라고 말로 하기 어려운 복잡한 감정이 눈물을 자극하고 있었다. 그 기묘한 첫 경험은 책이라는 것이 발휘하는 이상한 마력이었다. 그건 번역 책을 받을 때 느끼지 못했던 어떤 충일감이고 감격스러움이었다.

책을 앞에서 뒤로, 뒤에서 앞으로 네댓 차례 살펴보고는 읽기 시작했다. 다른 책들보다 몇 배 빠르게 읽혀나갔다. 그 이상한 속도감은 자기가 쓴 글이니까 그럴 수 있는 일이었다.

그런데 읽어나갈수록 묘한 현상이 일어났다. 어떤 대목은 내가 이렇게 썼던가 싶게 새로운가 하면, 또 어느 대목에서는 주책스럽게도, 이거 참 잘 썼구나! 하고 무릎을 치고 싶은 감흥이 솟기도 했다. 글을 다듬기 위해 원고지로 두 번이나 읽을 때는 전혀 느끼지 못했던 감정이었다. 그것 또한 인쇄된 활자가 발휘하는 이상야릇한 마력이고 효과였다.

다음 날도, 그다음 날도, 며칠이 지나도록 책을 쓰다듬고, 어루만지고, 여기저기를 펼쳐서 또 읽어보게 되고는 했다. 책 낸 것을 너무 좋아하는 것 같아 스스로 쑥스럽고 부끄러워 그러지 않으려고 했지만 책만 보면 또 저절로 손이 갔다.

며칠이 지나 강민규가 책 소개가 난 신문들을 가지고 왔다. 뜻밖에도 신문들이 여럿인 것에 윤혁은 놀랐다.

"어찌 이리 신문이 많은가?"

"지난번에 말씀드렸잖아요. 최초의 일이라 관심들이 많습니다. 이건 이따가 차근차근 읽어보시구요, 아주 희소식이 있습니다."

강민규가 활짝 웃으며 다가앉는 몸짓을 했다.

"희소식……?"

"예, 한번 맞혀보시죠."

"글쎄, 뭘까……."

윤혁은 맞혀볼 생각이 전혀 없는 얼굴로 어서 말해 보라는 눈짓을 했다.

"선생님 책이 재판을 찍게 됐습니다. 발간 일주일 만의 경사입니다. 이런 속도라면 몇만 부는 문제없습니다."

"그게 정말인가? 그럼 출판사가 손해는 안 보게 된 건가?"

"손해라니요. 재판부터는 돈을 법니다. 출판사가 신이 났습니다. 선생님은 책을 보신 기분이 어떠세요?"

"응, 잘 만들었더군. 자네가 고생 많이 했는데, 고마우이."

윤혁은 너무 계면쩍을 것 같아 책을 본 다음에 일어난 이런저런 현상을 입에 올리지 못하고 그냥 덮었다.

"자아, 선생님, 돈 받으십시오. 초판 3천 부의 인셉니다. 기대하십시오. 지금부터 부자가 되시는 거니까요."

강민규가 장난기 섞인 신명을 내며 속주머니에서 봉투를 꺼냈다.

"그 돈 나 주기 전에 자네가 절반을 갖게."

"예에?"

강민규는 어리둥절해졌다.

"뭐 놀랄 것 없네. 자네한테 주는 게 아니라 자네가 준비하고 있는 시민단체에 기부금으로 내는 거야."

"아니 선생님, 절반은 너무 많습니다."

"많기는 이 사람아. 앞으로 얼마가 나오든 간에 인세를 받을 때마다 절반씩을 낼 참인데."

"아이고 선생님, 그건 안 됩니다. 선생님 노후도 생각하셔야지요. 번역 일도 언제까지고 하실 수 있는 것도 아니니까 미리미리 저금을 해두셔야 합니다."

"내 걱정은 말게. 번역 일 못하면 취로사업에 나서면 되지. 어서 절반을 떼. 내 맘 변하기 전에."

윤혁이 덧붙인 농담에 강민규가 픽 웃으며 봉투에서 돈을 꺼냈다.

강민규의 예상대로 책은 잘 팔렸다. 한 달에 만 부를 넘겨 찍었다. 출판사로 온 독자들의 편지도 열서너 통 받았다. 몇 번씩 울면서 읽었다, 어서 통일이 되어 부인을 만나기 바란다는 여성들의 편지가 가슴 저리게 하고 눈시울을 젖게 했다. 독자들 편지의 공통점은 장기수들이 그런 고통을 당한 줄 몰랐다는 것이었다. 그 편지들은 비로소 글 쓴 보람을 구체적으로 느끼게 해주었다. 강민규가 강조했던 기록의 의미가 새삼스럽게 실감났다.

그러나 모든 편지가 그렇게 좋은 것은 아니었다. 어떤 남자는 처음서부터 끝까지 살벌하게 욕을 해대고 있었다. 대한민국을 파괴하려고 침투한 간첩 주제에 지금까지 살려둔 것만으로도 고마워하지 않고 어디서 감히 대한민국을 헐뜯고 비방하고 있느냐. 북쪽 놈들은 남쪽 공작원들을 체포하는 즉시 깡그리 죽여 없앴지 하나라도 살려둔 줄 아느냐. 법이 없다면 너같이 배은망덕한 놈은 당장 때려 죽여버리겠다. 개 값 물수 없어 참는 줄 알아라. 앞으로 조심해라.

북쪽에서 남쪽 공작원들을 어떻게 취급했는지……, 아무 할 말이 없었다. 그 편지를 읽고 생긴 우울함은 쉽게 가셔지지 않았다.

"선생님, 빨리 외출 채비 하세요. 시간 없습니다."

강민규는 방에 들어오지도 않고 서둘러댔다.

"무슨 일인데 그리 숨이 넘어가?"

"예, 어떤 여자분이 선생님을 뵙고 싶어합니다. 그분이 어찌나 간곡하게 원하는지 출판사에서도 어쩔 수 없이 약속 시간을 정했답니다. 지방에 사는 분인데 오늘 서울에 올라올 일이 있어서요."

"그거 이상하네. 무슨 일일까……."

윤혁은 내키지 않아 굼뜨게 몸을 일으켰다.

"선생님 독자인 건 틀림없는데, 누가 압니까, 선생님한테 반한 돈 많은 과부일지."

"또 실없는 농담."

윤혁은 옷을 갈아입으며 피식 웃었다.

호텔 커피숍에는 곱게 늙은 여인이 출판사 사장과 함께 앉아 있었다.

"선생님 책, 감명 깊게 잘 읽었습니다. 최선숙이라고 합니다."

살포시 몸을 일으킨 여인은 두 손을 모아 잡고 고개를 깊숙이 숙였다.

"아 예, 윤혁이라고 합니다."

여인의 예의바름이 뜻밖이라 윤혁은 당황스럽게 인사를 받았다.

"마음 편하게 말씀하시지요."

출판사 사장이 여인에게 말했다.

"네, 책을 읽고, 사진을 보고 하면서 동명이인일 거라고 생각했지만, 그래도 책 읽은 감명이 너무 커서 꼭 뵙고 싶었습니다. 너무 억지를 쓰고 결례를 했는데, 이렇게 나와주셔서 정말 감사합니다."

여인은 차분하게 말하며 다시 다소곳하게 머리를 조아렸다.

"예에……."

윤혁은 어색스럽게 고개를 맞숙였다.

"6·25 때 저는 대학병원의 간호부였습니다. 전쟁이 나자 처음에는 국군 부상자들이 실려 왔고, 며칠이 지나자 인민군 부상자들로 바뀌었습니다. 그런데 인민군 부상자들을 치료하다가 큰 충격을 받았습니다. 어떤 장교가 허벅지에 부상을 당해 피를 많이 흘리고 있었는데, 자기는 나중에 할 테니 사병들부터 먼저 치료하라는 것이었습니다. 그 말을 듣고 의사와 간호원들은 다 깜짝 놀랐습니다. 그건 국군과는 정반대였기 때문입니다. 그전에 우리는 국군 사병을 치료하다가도 장교가 나타나면 당연히 장교부터 치료하는 것으로 되어 있었으니까요. 사병부터 먼저 치료하게 한 것은 그 장교가 특별히 마음이 좋아서가 아니라 인민군 전체의 규율이 그렇고, 그건 당원들이 인민들을 위해 솔선수범하고 희생하는 기본 정신에 입각한 것이라고 했습니다. 의사와 간호원들은 모두 감탄을 했습니다. 아, 이런 세상도 있구나, 하고 저는 한순간에 생각이 바뀌었습니다. 사회주의가 무엇인지 궁금하고, 알고 싶고 그랬는데, 그 일로 제 생각은 완전히 그쪽으로 쏠리고 말았습니다. 저만 그런 것이 아니라 서너 명이 그랬습니다. 그래서 간호병이 되어 인민군을 따라나섰습니다. 그때는 전쟁 때라서 그랬는지 그런 일이 하나도 이상하지 않았습니다. 낙동강 전선에까지 갔다가 후퇴를 하는데, 퇴로가 막혀 지리산으로 들어갈 수밖에 없었습니다. 지리산에서 1년 있다가 체포되었고, 10년 만에 감옥에서 풀려나왔습니다. 그 뒤로 간호원 생활을 할 수 없어서 조산원을 차렸고, 돈을 조금 모아 20여 년 전부터 고아원을 운영해 오고 있습니다. 그때 그 장교 이름이 윤혁이었습니다."

"아하, 그래서 선생님을 그렇게 만나뵙고 싶어했군요. 그 인생 역정이 완전히 한 편의 드라마입니다."

출판사 사장이 감탄하듯 하며 여인을 다시 쳐다보았고,

174

"왜, 또 책 낼 구미가 당겨?"

강민규가 출판사 사장의 팔을 툭 쳤다.

윤혁은 입을 꾹 다문 채 생각 깊은 얼굴로 고개만 끄덕이고 있었다.

여인은 당연한 순서인 것처럼 사회주의권의 몰락에 대해 이야기를 꺼냈다. 여인은 몹시 슬프고 괴로운 표정으로 그 원인이 무엇인지를 윤혁에게 묻고 있었다. 당신은 다 알고 있을 거라는 눈빛으로.

"글쎄요……, 저도 그걸 알고 싶어하는 사람들 중의 하나입니다."

윤혁이 곤혹스럽게 말했고,

"예, 그 원인을 정확하게 아는 사람은 쏘련이나 동구권에도 별로 없을 겁니다. 그런 문제는 세월이 한참 흐른 다음에……, 그러니까 역사가 할 일입니다."

강민규가 말을 이었다.

"제 생각으로는 사회주의는 아까운 세월을 허송만 했는데, 딱 한 가지 공을 세운 게 있습니다. 그건, 자본주의를 강화시켜 준 역할입니다."

출판사 사장의 말이었다.

"거 무슨 유식한 소리야?"

강민규가 출판사 사장에게 눈길을 돌렸다.

"유식한 척은 혼자 다 하면서 그 쉬운 말도 못 알아들어? 냉전시대를 통해서 자본주의는 사회주의한테 안 먹히려고 사회복지제도를 얼마나 강화시켜 왔어. 만약 그런 노력 하지 않고 돈 놓고 돈 먹기로 자본가들이 하는 대로 내버려두었더라면 사회주의보다 자본주의가 더 먼저 무너져버렸을 거다 그거야."

"허!……."

강민규는 놀랍다는 눈길로 출판사 사장을 쳐다보았다.

"가시죠, 점심은 제가 대접하겠습니다. 더 하실 말씀은 자리를 옮겨서 하도록 하시지요."

출판사 사장이 좌중을 둘러보며 천천히 몸을 일으켰다.

윤혁은 호텔을 나서면서 출판사 사장의 말을 되짚고 있었다.

최선숙 원장은 보육원으로 돌아와서도 그 생각에서 깨어나지 못했다. 그 사람은, 그 사람이 아니었다. 본인이 그 사실을 확인했고, 자신의 눈으로도 그 사람이 아닌 것을 확인했다. 같은 것은 이름뿐이었다. 이름이 같을 뿐, 같은 사람이 아니라는 것은 책을 읽고도 알 수 있는 사실이었다. 그런데도 그 사람이 그 사람일 것 같은 생각, 그 이상야릇한 생각에 이끌리고 밀려서 기차를 타지 않았던가. 그 묘한 생각을 떼쳐내고 싶지도 않았고, 틀렸다고 고치고 싶지도 않았다. 그 사람이, 그 사람일지도 모른다는 그 생각이 소중하기만 했다. 한 시도 잊어본 적이 없고, 늘 함께 살고 있다고 생각해 온 그 사람과 같은 사람일지 모른다는 사람이 있다는 것, 그것이 소중했다. 책에 담겨 있는 순수한 윤혁은, 부하를 먼저 치료하게 했던 순수한 윤혁과 다름이 없었다. 최 원장은 자기 자신이 그 생각에서 깨어나고 싶어하지 않는다는 것도 알고 있었다. 그 사람이, 그 사람처럼 여겨지는 것. 그것은 착각이 아니었다. 그것은 아무도 모르게 저 깊은 곳에 간직해 두고 싶은 그때 그 시절의 마음이었다.

최 원장은 며칠이 지나 기어코 편지를 쓰고 말았다. 그러나 하고 싶은 말은 빼놓고 변두리만 빙빙 돌았다. 그렇지만 끝에다가 꼭 한마디는 썼다. 답장을 보내달라는 말 대신, 답장을 보내지 않을 수 없는 질문 하나를 달았다.

마치 편지를 기다리고 있었던 것처럼 윤혁의 답장은 이내 왔다. 원고지에 또박또박 적힌 글씨는, 막히는 데 없이 줄줄 읽히는 문장에 버금가도록 달필이었다. 그 품위 있고 세련된 글씨가 마치 부상을 당하고도 여유롭게 웃을 수 있었던 그때 그 사람의 모습 같았다.

최 원장은 다시 며칠이 지나 편지를 쓰지 않을 수 없었다. 이번에도 지난번처럼 쓸 수밖에 없었다. 그러나 처음보다는 써나가기가 한결 수월했다. 다만 그 달필 앞에 자신의 글씨가 너무 볼품없는 것 같아 자꾸만 마음이 쓰였다.

윤혁의 답장은 또 지체되지 않고 왔다. 두 번째 질문이 첫 번째 질문보다 답이 길어질 것도 없는데, 두 번째 편지는 첫 번째보다 훨씬 더 길었다. 그것이 세 번째 편지를 빨리 쓰도록 보채고 있었다,

최 원장은 며칠을 참아내지 못하고 세 번째 편지지를 펼쳤다. 이번에는 하고 싶은 말을 쓸 작정이었다.

윤혁은 최 원장의 세 번째 편지를 조심스럽게 뜯었다. 그때 만나고 그만일 줄 알았는데 뜻밖에 편지가 왔고, 이제 답장을 쓰고 편지를 다시 받고 하는 것이 새로 생긴 즐거움이 되고 있었다.

지난번에 보내주신 글월도 친견하듯 봉독하였습니다. 날이 무더워지고 있는데 건강은 어떠하신지요. 연로하신 연세에는 더위도 추위만큼 조심해야 할 건강의 복병이 아닌가 합니다.

오늘은 삼가 조심스러운 말씀을 드리고자 합니다. 다름이 아니오라 책에는 전혀 적혀 있지 않아 현재 어떻게 생활하고 계신지 궁금합니다. 장기수들은 출감하고서도 일가친척들한테 배척당해 이 세상이 또 다른 감옥이 되어버린 경우가 허다하기 때문입니다.

혹시라도 사시는 형편이 여의치 못해 외롭고 불편하신 점이 많으시면 아무런 부담 느끼지 마시고 언제든지 저희 보육원

으로 오십시오. 저와 아이들이 함께 먹는 식사와 잠자리를 마련할 수 있습니다.

늙어갈수록 적막하고 외로운 것은 굶주리는 것보다 더 큰 병이 된다고 했습니다. 또, 늙어갈수록 어린아이들과 함께 어울려 살아야만 서로 기가 통하고 정이 통해 건강해진다고 했습니다. 제가 아이들과 오래 살아보니까 아이들은 인간의 꽃입니다. 그러니 저희 보육원은 인간의 꽃밭입니다. 여생을 웃음꽃 속에서 살고 싶으시면 주저하지 마시고 언제든지 이 꽃밭으로 오십시오.

또, 어린아이들을 보살피고 키우면서 많은 것을 느낍니다. 제가 무작정 인민군을 따라나서며 그렸던 세상을 아이들을 길러내면서 만나고 있습니다. 아이들은 우리가 꿈꾸는 미래이니까요.

저는 종교를 신봉하지 않지만, 아주 드물게 인간으로서 모범을 보인 종교인들은 존경합니다. 간디나 테레사 수녀가 그런 분들입니다. 여기 테레사 수녀의 시를 적으며 두서없는 글을 맺겠습니다.

난 결코 대중을 구하려고 하지 않는다.
난 다만 한 개인을 바라볼 뿐이다.
난 한 번에 단지 한 사람만을 사랑할 수 있다.

한 번에 단지 한 사람만을 껴안을 수 있다.

단지 한 사람, 한 사람, 한 사람씩만……

따라서 당신도 시작하고 나도 시작하는 것이다.

나도 시작하는 것이다.

난 한 사람을 붙잡는다.

만일 내가 그 사람을 붙잡지 않았다면

난 4만 2천 명을 붙잡지 못했을 것이다.

모든 노력은 단지 바다에 붓는 한 방울 물과 같다.

만일 내가 그 한 방울의 물을 붓지 않았다면

바다는 그 한 방울만큼 줄어들 것이다.

당신에게도 마찬가지다.

당신 가족에게도,

당신이 다니는 교회에서도 마찬가지다.

단지 시작하는 것이다.

한 번에 한 사람씩.

"하 이거, 선생님은 여복을 타고나신 모양입니다. 이 운명적인 만남을 어찌 외면할 수 있겠습니까. 가서 안기십시오. 가셔서 인생의 황혼을 찬란하게 장식하십시오."

편지를 본 강민규는 과장되게 너스레를 떨었다.

"이 사람아, 농담 그만하고 제대로 말 좀 해봐."

윤혁은 편지를 접어 봉투에 넣으며 말했다.

"예, 뭐 결론은 간단합니다. 선생님 마음이 그분의 마음과 다르면 그냥 묵살하고 말았을 텐데, 그렇지 않으니까 저에게 편지를 보여주신 것 아닙니까?"

"그런 셈이지."

"예, 그렇게 마음이 끌리신 거니까, 끌리는 대로 하세요."

"어허 또 농담으로 흘러가네."

"선생님, 이건 농담이 아닙니다. 다른 것도 아니고 선생님 여생이 걸린 문젠데 농담해서 되겠습니까. 제가 편지를 읽어 나가면서 순간순간 깨달은 건데, 선생님이 가시면 좋겠구나, 하는 생각이었습니다. 이야기가 나왔으니 진지하게 생각해 볼 문젭니다만, 저는 오래전부터 선생님의 여생을 걱정해 왔습니다. 번역도 하기 어렵게 되고, 다른 노동력도 다 떨어지면 그때는 어떻게 해야 하나. 그건 보통 심각한 문제가 아니었습니다. 저는 마음만 있지 그 문제를 해결할 경제력이 전혀 없는 무능자 아닙니까. 지난번에 만나보고, 이 편지를 봐도 알 수 있는데, 그분은 아주 교양 있고 지식도 갖춘 순수한 분입니다. 선생님을 이해하는 그런 분하고, 아이들하고 함께 살면 선생님 여생이 그런대로 행복하시지 않겠습니까."

"행복……."

윤혁의 목소리는 들릴 듯 말 듯 했다.

"대전이면 멀지도 않습니다."

"그렇지. 좀더 생각해 보세."

윤혁은 며칠을 생각해 보았다. 편지도 꺼냈다 넣었다 하면서 여러 번 읽어보았다. 그럴수록 그쪽으로 마음이 끌려가고 있었다. 그런데 한 가지 앞을 막는 것이 있었다. 경희와 기준이었다. 그것들을 떼어놓고 떠난다는 것은 차마 못할 짓이었다.

윤혁은 경희와 기준이를 만나러 나섰다. 한 가지 생각이 떠오른 때문이었다.

"그래, 어서 맛있게 먹어라."

윤혁은 경희와 기준이를 바라보며 더없이 따스한 웃음을 지었다.

"할아버지도 어서 드세요."

언제나처럼 경희와 기준이가 함께 말했다.

"그래, 어서 먹자꾸나."

윤혁은 국을 떠넣으며 두 아이를 물끄러미 바라보았다. 밥을 맛있게 먹기 시작하는 아이들의 모습이 그 말을 꺼내는 것을 가로막았다. 아이들은 인간의 꽃입니다……. 최 원장의 말이 문득 떠올랐다. 과연 그건 맞는 말이었다. 경희와 기준이의 천진한 모습은 그대로 꽃이었다. 오랜 세월 아이들을 깊이 사랑해 온 사람의 마음에서 우러나올 수 있는 말이라 싶었다.

"저어……, 말이다, 경희야 기준아, 할아버지 말 잘 들어봐라. 저어……, 할아버지가 말이야, 저 시골로 떠나면 어떻겠냐?"

"예에?"

기준이의 목소리가 쨍 울리며 눈이 휘둥그레졌고,

"어머나!"

경희가 국을 떠올리고 있던 숟가락을 떨어뜨릴 뻔했다. 그리고 기준이가 울음을 터뜨렸다. 식당 손님들의 눈길이 다 이쪽으로 쏠렸다. 경희도 훌쩍이며 울기 시작했다.

"얘들아, 얘들아, 왜 이러느냐. 밥 먹다 울면 체한다. 어서 울음 그쳐라."

당황한 윤혁은 손님들 눈치 보랴 아이들 달래랴 허둥거렸다.

"밥 안 먹어요. 할아버지가 우리 버리고 떠난다는데 어떻게 안 울어요."

기준이는 이렇게 소리치며 더 크게 울어댔다.

"아니, 이거, 이거……."

윤혁은 꼼짝없이 손자들 떼어놓고 도망가려는 못된 할아버지가 되고 있었다.

"난 할아버지가 가시는 데는 어디까지든지, 이 세상 끝까지 따라갈 거야."

기준이가 울음 범벅인 소리로 말했고,

"저도 그래요. 끝까지 따라갈 거예요."

경희의 울먹이는 목소리도 커졌다.

"허, 이놈들아, 할아버지는 대전으로 가는데도 따라와?"

"대전이면 얼마 멀지도 않은 도시잖아요. 깊은 산골로 가도 꼭 따라갈 거예요."

눈물을 훔치며 경희가 완강하게 말했다.

"그래, 됐다 됐다. 너희들 맘이 그렇다면 할아버지가 데리고 가기로 하지. 이제 그만 울음 그쳐라."

윤혁은 이 점을 먼저 확인하고 싶었던 것이다. 아이들 마음을 먼저 알아보고, 그에 따라 일을 풀어가자는 생각이었다.

"할아버지, 약속 걸어요."

기준이가 울음을 추스르며 새끼손가락 세운 손을 불쑥 내밀었다.

"아이고 이놈아, 사람들이 쳐다본다."

윤혁은 민망하게 웃으며 손을 내밀었고,

"쳐다보라지요. 우린 심각한 문제라구요."

경희가 사람들 쪽으로 눈흘김을 하며 야무지게 말했다.

"도장도 찍어야지요."

기준이의 말을 따라 윤혁은 엄지손가락도 맞댔다. 그러면서 윤혁은 그지없는 행복감에 취하고 있었다. 두 아이를 데

려와도 좋다고 하면 몰라도, 그렇지 않으면 가지 않을 작정을 하고 있었다.

"할아버지, 저하고도요."

경희도 손을 내밀었다.

"허, 그놈들 참."

윤혁은 흥건하게 웃으며 새끼손가락을 다시 세웠다.

"자아, 틀림없이 약속했으니까 울음 다 씻어내 버리고 즐거운 마음으로 밥을 먹어라. 꼭꼭 씹어서."

윤혁은 바로 편지를 썼다. 두 아이의 이야기를 자세히 쓰다 보니 편지가 길어지는 것은 어쩔 수 없었다.

곧 답장이 왔다. 그런 불쌍하고 가엾은 아이들을 찾아내 기르는 곳이 보육원이니 오히려 잘됐다고, 어서 데리고 내려오라는 내용이었다.

"참 빨치산 식으로 신속 기민하군요. 두 분 결혼한다는 청첩장도 그렇게 빨리 날아들지 않을까 겁나네요."

이사 채비를 하고 있는 윤혁 옆에서 강민규가 느물느물 웃었다.

"어허, 또 저 싱거운 농담. 어쨌거나 자네 자주 못 봐 어쩌나."

윤혁이 허전한 표정으로 강민규를 쳐다보았다.

"제가 미리 엎어져보니까 꼭 코가 대전에 닿았어요. 원하시면 매일 문안드릴 수도 있어요."

"고맙네. 자주 만나도록 하세."

이사 가는 날 강민규도 동행했다. 그날에야 그는 윤혁을 따르는 두 아이가 있는 것을 알았다.

"선생님, 저한테도 비밀이 있으셨군요. 한 길 사람 속 모른다는 말은 역시 명언이라니까요."

윤혁의 설명을 듣고 난 강민규가 두 아이를 보고 웃으며 말했다.

"암, 그 속 모르지. 아무도 믿지 말어."

윤혁이 빙그레 웃으며 두 아이의 머리를 쓰다듬었다. 그들의 모습은 천상 행복감 넘치는 할아버지와 손자 손녀의 모습이었다.

그동안 끄떡없이 잘 버텨오신 까닭을 이제야 알 것 같아요.

강민규는 이 말을 하려다가 그만두었다.

번잡한 시내를 벗어나 자리잡은 보육원은 아담하고 말끔했다. 담을 따라 짙푸른 잎을 드리운 우람한 나무들이 보육원의 세월을 말해 주고 있었다.

"어서 오십시오. 기다리고 있었습니다. 먼저 거처하실 방부터 보십시오. 손질을 좀 한다고 했는데 마음에 드실지 어떨지 모르겠네요."

최 원장은 그들을 반갑게 맞이했다.

윤혁이 쓸 방은 넓고 밝았다. 창문 옆으로 새 책상이 놓여 있었고, 빈 책꽂이도 잇대어져 있었다. 셋방에 비하면 궁전이었다.

"어두운 것을 싫어하시니까 벽지도 밝은 것으로 골랐습니다. 마음에 드시는지요."

"아이구, 이거 너무 황송해서⋯⋯."

윤혁은 말 그대로 정말 황송한 듯 두 손을 모아 잡은 어깨가 움츠러들어 있었다.

"선생님이 이렇게 기죽는 것 처음 봅니다. 어깨 펴세요."

강민규가 퉁을 놓듯이 말했고,

"아이구 이 사람아, 그리 막 농담할 때가 아니야."

윤혁이 당황스레 손을 저었다.

최 원장이 고개를 돌리며 입을 가리고 웃었다.

"여기서 책 읽으시고, 쓰시고 싶은 글 쓰시고, 아이들하고 재미있게 노시고, 그게 선생님이 하실 일 전붑니다."

원장이 방을 나서며 말했다.

"아, 신선이 따로 없군요. 부럽습니다. 저도 여기 와서 살면 어떨까요?"

강민규가 말했고,

"안 됩니다. 할 일이 너무 많은 젊은 나이니까요. 아직 휴식할 자격이 없어요."

원장이 강민규에게 눈웃음을 보내며 고개를 저었다.

윤혁은 밤이 새도록 잠을 이루지 못했다. 감옥의 독방에서 겪었던 불면증이 아니었다. 밤새껏 수기의 여기를 펼쳐보고 저기를 펼쳐보고 했다. 수기가 맺어준 인연의 덕이 너무 커서 도무지 현실 같지가 않았다. 꼭 꿈을 꾸는 것 같다는 말은 이런 경우가 아닐까 싶었다. 잠을 자면 선물 받은 예쁜 인형이 달아나버릴까 봐 뜬눈으로 꼬박 밤을 새우는 동화 속의 소녀처럼 잠을 자고 싶지가 않았다. 더러 바람결에 들리는 말로는 출옥한 장기수들의 생활이 곤궁하기 이루 말할 수 없다고 했다. 그럴 수밖에 없는 일이었다. 주변에 달가워하는 사람은 없지, 돈벌이할 별난 기술도 없지, 퇴물 중의 퇴물 취급을 당할 지경으로 나이들은 많으니 빈궁의 조건은 고루 다 갖춘 셈이었다. 그런 사람들에 비하면 자신은 풀려난 그때부터 너무 편히 살아온 셈이었다. 그런데 수기 덕에 이렇게 호강을 하며 살게 되었으니 다른 장기수들에게 미안쩍은 마음이 들기도 했다.

강민규는 가방을 추스르며 보육원 현관문을 열었다.

"무슨 일이신지요?"

젊은 여자가 책상에서 일어나며 목례를 했다.

"예, 윤 선생님을 뵈러 왔습니다."

"아, 전에 오셨던 분이시군요. 선생님은 화장실에 계시니 거기로 가보세요."

"화장실로요?"

"네, 용변을 보시는 게 아니라 청소를 하고 계시니까 좀 시간이 걸릴지도 모르거든요."

"아, 예."

강민규는 언뜻 짚이는 게 있어 화장실 쪽으로 걸음을 빨리 했다.

"아이구 선생님, 이러실 줄 알았습니다."

문이 열려 있는 화장실로 들어서며 강민규는 안타까운 표정으로 고개를 저었다. 빨간 고무장갑을 끼고 양변기를 닦고 있는 윤혁의 구부정한 모습이 눈에 들어왔던 것이다.

"어, 자네 왔구먼. 어서 오게나."

윤혁은 허리를 펴며 화들짝 반가워했다.

"아이구 선생님, 이게 뭡니까. 왜 이런 일을 하고 그러세요."

강민규의 얼굴이 구겨지고 있었다.

"이런 일이 어때서 그래. 이게 좀 좋아. 내가 청소를 말끔히 해서 귀엽고 예쁜 아이들이 깨끗한 변소를 쓰게 되면 그 보다 더 좋은 일이 어디 있나. 자네 모르지? 예쁜 아이들 똥에서는 쿠린내가 아니라 단내가 나는 거."

윤혁의 얼굴에는 밝은 웃음이 흘러넘치고 있었다.

"그래도 그렇지요. 이런 일을……"

"여보게나, 내가 화장실 청소만 하는 줄 아나? 사내아이들

목욕도 시키고, 마당도 쓸고, 애들 공부도 봐주고, 할 수 있는 일은 전부 다 하네."

"하이고, 아주 머슴 노릇을 다 하고 계시는군요."

강민규는 얼굴을 찌푸리며 혀를 찼다.

"자네는 아직 젊으니까 내 맘을 모르지. 원장님이 말한 대로 여긴 인간의 꽃밭이야. 아이들이 나한테 즐거움을 주고 삶의 의욕을 주니 나도 애들을 위해 무슨 일이든 하고 싶은 거야. 그저 내가 좋아서 하는 일이라고."

"옛날처럼요?"

"옛날……?" 윤혁은 무슨 소린가 하는 얼굴로 무르춤하다가, "웅, 그렇지. 옛날처럼" 하며 고개를 주억거렸다.

"그래도 일이 고달프실 텐데요."

"고달프기는. 재미있어서 하니까 운동도 되고 좋지. 그만 신경 쓰고 방에 가서 잠깐만 기다리게. 다 끝나가니까."

"선생님이 일하시는데 제가 방에 앉아 있을 수 있습니까."

강민규가 소매를 걷어올렸다.

"아서, 아서. 옷 버린다니까."

"저도 똥에서 단내가 나는 경지를 맛봐야 되겠습니다."

"허, 그거 아무나 되나. 다 세월이 흐를 만큼 흘러야 되는 게야."

두 사람은 마주 보며 허허대고 웃었다.

"빨리 온다 온다 하면서도 벌써 3개월이 지나버렸습니다. 거리가 멀어지면 마음도 멀어진다는 말이 헛말이 아닌 것 같습니다."

강민규가 방에 자리잡고 앉으며 말했다.

"나 자네 보고 싶은 적 한 번도 없었어."

"아이고, 선생님도 농담 느십니다. 그 시민단체 준비하는 일이 갈수록 바빠져서 그렇습니다."

"그래, 그래야지. 더 할 일이 많고 바빠져 이런 늙은이는 잊어버리고 살도록 되는 게 좋네."

"선생님, 일거리 좀 가져왔습니다."

강민규는 가방을 끌어당겼다.

"응, 그거 말이야, 내가 먼저 말을 할까 어쩔까 망설이고 있었던 참인데, 이젠 자네가 일거리 찾아다니느라고 애쓰지 않아도 될 것 같네. 그 일 그만했으면 싶으니까. 눈도 너무 침침해지고, 그 중노동을 견디기가 힘드네. 여기선 돈이 필요 없거든."

"아 예, 힘드시면 그만두셔야죠. 그동안에도 쉬운 일이 아니었으니까요."

강민규는 가방을 도로 밀었다.

"하루가 다르게 늙어가는 표가 나네."

"그래도 신수는 아주 좋아지셨는걸요."

전과는 완연히 다르게 밝아진 윤혁의 얼굴을 바라보며 뒤따라 나오려는 한마디 말을 지그시 눌렀다.

행복하세요?

이건 물을 말이 아니다 싶었다. 대답하기 난처한 말일 뿐만 아니라, 행복하게 보이는 것만으로 충분했던 것이다.

"할아버지이이."

"할아버지이이."

윤혁과 강민규가 보육원 정문 앞에서 작별 인사를 하는데 책가방을 멘 아이 둘이 이쪽으로 달려오며 외쳐대고 있었다.

"오냐, 오냐, 어서 오너라."

윤혁은 강민규를 아랑곳하지 않은 채 아이들을 향해 마주 외치며 두 팔을 활짝 벌렸다.

"학교 다녀왔습니다."

"저두요, 할아버지."

윤혁은 품에 안겨오는 두 아이를 얼싸안았다.

서로 한 덩어리가 되어 좋아하는 윤혁과 아이들을 강민규는 물끄러미 바라보았다. 윤혁의 그 모습은 그를 알고 나서 가장 행복해 보이는 모습 같았다.

시민단체 활동이 본격적으로 펼쳐지면서 강민규는 대전 발걸음이 뜸해질 수밖에 없었다. 윤 선생에게 미안한 마음이 들다가도, 아이들과 한 덩어리가 되어 행복이 넘치던 그 모습을 생각하면 안심이 되고는 했다. 무소식이 희소식이라는 말을 되짚으며 강민규는 남쪽 하늘로 마음만 띄워 보냈다.

〈끝〉

이념형 인간의 종말과 거듭나기

황광수(문학평론가)

1

　일련의 대하소설들을 통해 1세기에 달하는 우리 민족의 근현대사를 파헤쳐온 작가 조정래가 4년 만에 새로운 장편소설 한 편을 써냈다. 이전 작품들이 민족을 단위로 하는 역사의 흐름을 객관적 시각으로 재현하는 데 초점을 맞추었다면, 이번 작품은 분단시대의 고통을 온몸으로 감당해 온 한 개인의 시각을 통해 사회주의 몰락 이후의 새로운 삶의 가능성을 탐색하는 데 초점이 맞추어져 있다. 작품에 담긴 시간대로 보아 앞선 역사소설들의 끝머리에 놓이게 될 『인간 연습』의 「작가의 말」에서 작가는 "내 문학에서 분단문제를 마무리하기로 하면서 이번 소설을 지었다"고 쓰고 있다. 짐작컨대, 그는 역사소설의 서술기법 때문에 상대적으로 소홀할 수밖에 없었던 인간에 대한 성찰을 더는 뒤로 미룰 수 없었던 것으로 보인다. 그러나 그의 말 속에는 우리 민족의 분단은 워낙 복잡한 역사적 현상이기 때문에 그러한 개인들의 시각을 통해 세밀하게 접근하지 않으면 그 실체가 다 드러나기 어렵다는 또 하나의 성찰이 깃들어 있는 것으로 보인다. 실제로, 우리의 분단 현실 속에는 역사소설의 발전사적 관점만으로는 포착되기 어려운 견고한 분단의식이 암반처럼 무겁게 자리 잡고 있는 것이다.

사회화된 인간이 그렇듯이 역사의 현재는 늘 가면을 쓰고 우리 앞에 등장한다. 그리고 그것은 우리가 그 실체를 파악하기도 전에 또 다른 가면으로 바꿔 쓰기를 거듭한다. 우리가 '해방'이라고 부르는 역사적 현상도 그 이면에 '분단'이라는 또 다른 얼굴을 감추고 있었다. 당시의 수많은 지식인들이 그것을 사회주의적 이상을 실현할 수 있는 절호의 기회로 생각했던 것은 '해방' 직후 미군정이 실시한 여론조사에서 우리 민중의 78퍼센트가 사회주의를 선호한 것으로 나타날 만큼 평등한 삶, 즉 노동자·농민의 해방에 대한 기대가 컸기 때문이다. 그러나 실제의 역사는 신탁통치, 한국전쟁, 분단으로 치닫는 숨가쁜 변전들을 보여주었을 뿐이다. 이런 점에서 '해방'은 식민지 상태를 벗어나려는 우리의 염원이 빚어낸 희망 어린

허구에 지나지 않은 것이었다. 그런데도 우리의 수많은 지식인들은 아직도 '해방' 이후의 역사를 '민족적 비극'이란 모호한 언어로 포장하여 역사의 창고 속에 깊이 묻어둔 채 그 실체를 파헤치는 일을 방해하거나 오도하고 있다. 아마도 그들은 자신들의 등골에 끼쳐오는 거대한 세력의 입김을 의식하고 있을 것이다. 그 세력은 우리가 염원했던 해방을 분단의 계기로 활용하기 위해 전쟁의 각본을 써두고 그 악역의 담당자에게 '해방전쟁'의 허명(虛名)을 즐기게 하는 교묘한 조종술까지 보여주었다.

브루스 커밍스는 그 전쟁이 바로 그 세력의 기획 아래 진행되었다는 뚜렷한 증거를 보여주었다. 그것은 부정문(否定文)으로 제시되어 있지만, 추론을 가능케 하는 뚜렷한 증거와 명징한 논리를 갖추고 있다.

우리는 왜 미국 국방부가 1950년 6월 19일부터 시작되는 1주일 동안 SL-17로 알려진 전쟁계획을 승인하고 퍼뜨렸는지 여전히 알지 못한다. 이 계획은 조선인민군의 침공, 부산 방어선으로의 즉각적인 후퇴와 부산 방어선의 방어, 그런 다음에는 인천에서의 육해공군 합동 상륙작전을 가정했다.[1]

---

[1] 브루스 커밍스, 김동노·이교선·이진준·한기욱 옮김, 『브루스 커밍스의 한국현대사』, 창작과비평사, 2001, 363~364쪽.

'SL-17'은 브루스 커밍스가 미국의 정보공개법에 따라 비밀이 해제된 문서들을 10년 동안 찾아 헤맨 끝에 입수한 것이다. 이 문서는 미국이 이미 북의 침공을 조종하면서 부산 방어선으로의 후퇴와 인천 상륙작전까지 계획했음을 뚜렷이 보여주고 있고, 전쟁의 과정과 결과는 이 계획이 별다른 오차 없이 그대로 진행되었음을 증거하고 있다. 그렇다면, 미국이 남북한과 유엔군을 동원하여 한반도의 분단과 그것의 장기화 또는 영속화를 위해 한판의 전쟁놀이를 벌인 것이 분명하다. 이렇게 하여 분단은 거스를 수 없는 역사적 현실이 되어버렸다. 그 당시 우리 민족의 역량을 감안하면 분단은 불가피한 것이었을지 모른다. 그러나 체제를 달리하는 남과 북의 정권들이 분단을 기정사실로 받아들인 채 그것을 더욱 강화시켜 온 것은 묵과할 수 없는 일이다. 『인간 연습』의 화자인 윤혁과 그의 이념적 쌍생아인 박동건의 비극도 바로 이러한 사실에서 비롯되고 있다. 그들은 자신들의 삶을 선택한 사람들이 아니라 북쪽의 분단정권이 남파한 사람들이기 때문이다. 그런데도 사회주의적 이상을 품고 한평생을 살아왔다는 믿음 때문에 그들의 비극성은 더욱 고조될 수밖에 없다. 남쪽의 정권은 별다른 활동도 하지 못한 채 체포된 그들에게 '적화통일'의 망상을 가지고 남한을 전복하려 했다는 이유로 극형을 구형했다가 30년 이상 감옥에 처박아두며 견딜 수 없는 고통을 가하여 강제로 전향시켜 버렸다. 결과적으로 이들의 삶은 '적화통일'이나 '남조선 혁명'이 아닌 분단을 관리해 온 자들의 꼭두각시놀음에 지나지 않은 것이었다.

2

 '간첩'으로 불린 그들은 분단 관리자들의 기만과 그들 자신의 오해의 그물에서 벗어나지 못한 채 자유를 저당잡혔다는 점에서 분단시대의 가장 불행한 개인들이다. 분단은 한 개인의 순수한 삶의 동기나 이념조차 빗나가게 하는 체제로 존재하지만, 그렇다고 해서 그들의 행위가 정당화될 수 있는 것은 아니다. 정당성은 불가피성이 아니라 자율적 판단과 결단을 통해서만 보장될 수 있는 것이기에 그들은 단지 희생자들일 뿐이다. 그러나 역사와 이념과 자신들의 삶을 진지하게 성찰하기 시작할 때 이들은 분단시대의 비극을 체현하는 특별한 개인들, 따라서 가장 소설적인 인물들로 거듭나게 된다.『인간 연습』은 바로 이러한 문제의식의 소산이다. 이 작품에서처럼 왜곡된 역사와 이념을 증언하는 자리에서만 이들의 과거 행위는 정당화되고, 새로운 삶의 조건 속에서 이루어진 선택과 결단을 통해서만 구원은 주어질 수 있는 것이다. 그러나

구원은 극소수에게만 주어지는 운명의 혜택이고, 박동건에게
도 그것은 주어지지 않았다. 그는 사경을 헤매면서도 윤혁의
손바닥 위에 무엇인가를 쓰려 했었다.

　윤혁은 손바닥을 쫙 펴서 그의 검지 끝에 대주었다.
　박동건의 검지는 곧게 펴지지 않았다. 힘없이 구부러진 그
의 손가락은 아직 미성숙한 젖먹이들의 손가락처럼 둔하고 어
설퍼 보였다. 그런 손가락으로 박동건은 무슨 글씨인가를 그
려내려 하고 있었다. 윤혁은 온 신경을 그 손가락 끝에 집중시
켰다.

그가 윤혁의 손바닥 위에 어렵사리 써낸 것은 자신은 전
향하지 않았다는 것이다. 전향하지 않았다는 사실이 그에게
는 왜 그토록 중요한 것이었을까? 그로 하여금 혹독한 고문
과 폭력을 견뎌내게 한 것은 사회주의에 대한 신념이었고, 그
것을 통해서만 그의 삶은 정당화될 수 있었기 때문이다. 이
런 그에게 사회주의의 몰락은 그 자체로서 사형선고와 다를
바 없는 것이다. 그러기에 공산권의 몰락이 기정사실로 드러
났을 때, 그는 "이거 우리 헛산 것 아니오?" 하고 놀라움을 드
러낼 수밖에 없었다. 마음속 깊이 간직해 온 '사상의 조국'이
물거품처럼 사라져버린 데에서 비롯된 충격은 "세상이 이 꼴

로 변해갈 줄 알았더라면 그때 차라리 떡공이들한테 맞아 죽었어야" 한다고 토로할 만큼 클 수밖에 없다.[2] 게다가 북쪽의 인민들이 굶주림에 시달리고 있다는 것까지 사실로 확인되면서 그는 더는 삶의 의미를 부지할 수 없게 되어버린다. 살아남은 윤혁에게도 비전향자의 북송이라는 또 하나의 충격이 덮쳐온다. 북쪽 정권에게는 "강제로 전향을 당했더라도 일단 전향서에 손도장을 누른 자들은 사상의 변절자였고, 혁명의 배반자"였기 때문이다. 그런가 하면 박동건은 기독교를 강요하는 아내와 반목하며 집안에서조차 가장으로서 인정받지 못했다. 그는 결국 연달아 엄습해 온 세 차례의 파도에 휩쓸려 저세상으로 떠나버린다. 윤혁은 그가 "스스로 시대의 짐을 지고 자기 자신을 위해서는 한 번도 살아보지 않았"다고 반추하지만, 그는 남쪽뿐만 아니라 북쪽 정권에게도, 그리고 가족에게도, 심지어는 그 자신에게조차 인정받지 못한 채 죽어갈 수밖에 없었다. 그리고 역사는 참혹하게 짓밟힌 이들을 망각의 어둠 속에 묻어두고 제 갈 길만 가는 것처럼 보인다.

---

2) '떡공이'란 사상범들을 전향시키기 위해 감옥 안에서 동원된 폭력배들이다. 작가가 떡공이들의 폭력을 비교적 자세히 서술하고 있는 것은 남파된 공작원들이 감옥 안에서 당한 고통과 '전향'의 강제성을 보여주기 위한 것만은 아니다. 그것은 '분단의식'이 가장 추악하게 응고된 형태를 보여주는 '반공'이 얼마나 강하고 폭넓게 남한 사람들에게 내면화되어 있는지를 보여주기 위한 것이기도 하다.

박동건의 죽음은 사회주의의 몰락이라는 세계사적 변전과 맞물린 이념형 인간의 종말을 상징한다. 그러나 윤혁은 사상적 동지의 죽음으로 인한 회한과 과거의 악몽에 시달리면서도 현재의 시간 속으로 되돌아 나와 그 자신의 삶을 새롭게 꾸려가야 하는 자리에 놓여 있다. 친구의 죽음을 부러워하면서도 그는 현재의 굴욕을 견뎌내야 하는 것이다. 게다가 그에게는 '보호관찰'의 임무를 띠고 그의 삶을 감시하는 '김 형사'가 수시로 찾아온다. 김 형사는 그에게 러시아의 부패나 공산주의를 비판한 글들을 읽게 하며 소감을 묻기도 한다. 그러나 그 자신도 사상적 조국의 몰락과 북한 주민의 굶주림의 원인이 무엇인지 뚜렷이 알 수 없기에 윤혁의 곤혹스러움은 더욱 커질 수밖에 없다. 그가 남파된 시점에만 하더라도 당은 희생적이고 헌신적이었기 때문이다.

이러한 굴욕과 곤혹스러움 속에서도 윤혁이 죽음을 이겨낼 수 있었던 것은 두 방향에서 싹터온 새로운 삶의 가능성 때문이다. 하나는 길에서 우연히 알게 된 부모 없는 아이들이고, 다른 하나는 그가 감옥에서 사회주의의 우월성을 깨우치려 했던 강민규이다. 윤혁은 가게에서 먹을 것을 훔쳤던 남매를 구해주고 이 아이들을 "사흘거리로 만나며 삶의 새로운 활기를 얻"게 되었고, 강민규를 통해서는 달라지는 세상사에 대해 깊이 있는 대화를 나누거나 그가 주선해 준 번역 일을 하며 생계를 꾸려간다. 대다수의 사람들은 이 두 가지 요소를 당연한 듯이 누리며 살아가지만, 피붙이도 없이 사회의 배척을 받고 있는 윤혁에게는 그것들이 남다른 감동과 의미를 띠고 다가올 수밖에 없다. 그는 박동건에게도 이런 아이들이 있었더라면 "그렇게 허망하게 가지는 않았을 게 아닌가" 하는 생각을 문득 떠올리기도 한다. 아이들은 윤혁에게 '두 송이 꽃'으로 의식될 만큼 기쁨의 원천이 되었다.

　자꾸 정이 깊어가면서 두 아이가 친할아버지 대하듯 감겨오고 의지하는 것을 느끼며, 내가 오래 살아야지, 하는 생각까지 불현듯 하고는 했었다. 이 아이들을 알기 전에는 오래 살겠다는 생각은 한 번도 해본 적이 없었다. 칙칙한 안개가 낀 우울한 나날이 이 아이들을 알고부터 햇살 화창한 나날로 바뀐 것이다.

그런가 하면, 강민규는 윤혁에게 세상과 관계를 맺는 통로이자 변화하는 세계에 대한 토론자의 구실을 한다. 감옥 밖에서는 오히려 강민규가 윤혁에게 새로운 정보들과 함께 깨우침의 계기들을 마련해 주게 된 것이다. 그는 윤혁에게 사회주의 몰락에 관한 세미나에서 나온 다양한 견해들을 전해주기도 한다.

예, 그 비판은 학자들마다 다릅니다. 어떤 사람은 공산당 일당독재 체제를 비판합니다. 그 일당독재는 부르주아 계급의 발호를 차단하는 데는 일단 성공했는지 모르지만, 제멋대로 독주하는 당에 대한 무비판과 무견제가 당의 절대권력화를 촉진하게 되고, 절대권력은 반드시 부패하고 타락한다는 보편적 진리에 따라 몰락을 자초하게 되었다는 것입니다. (……) 또 어떤 사람은 인간을 '도덕적 인간'으로 개조할 수 있다고 믿고 그것을 억지로 실천하려고 한 오류를 비판합니다. 인간은 인간의 정치적 이상에 맞추어 개조할 수 있는 존재이기 이전에 그 어떤 힘으로도 막을 수 없는 본능적 존재이며, 인간의 이기욕이란 식욕과 성욕에 뒤지지 않는 중대한 본능인데 인간을 개조하려는 정치적 욕심은 그 본능을 무시함으로써 인간의 노동 욕구를 파괴했고, 그 비극은 사회 전체의 파멸로 확대되었다는 것입니다. 그리고 또 다른 사람은, 당이 인민들의 균등한 행복을 위한다며 당의 일방적인 계획대로 직업을 배치하고, 행동을 통제한 어리석은 자만을 비판했습니다. (……) 인간을 마치 기계나 기계 부속품처럼 취급해서 자율성을 박탈하고 창조성을 파괴함으로써 성취욕을 꺾음과 동시에 노동의 질적 저하, 게으른 타성을 만연시켜 결국 몰락할 수밖에 없었다는 것입니다. (……) 또 다른 사람은, '당은 무오류'라고 한 오류를 저질렀다고 비판했습니다.

강민규는 이러한 견해들을 종합해서 보아야만 총체적인 원인 규명에 접근할 수 있을 것이라는 의견을 내놓기도 한다. 윤혁은 노동운동을 하다 감옥에 들어왔던 강민규에게 사회주의의 우월성을 일깨우려 했던 것을 떠올리며 곤혹스러움에 빠져들기도 한다. 새로운 사회현실 속에서 가능한 시민운동을 계획하는 강민규의 이야기를 들으며 윤혁은 사회주의의 몰락에 대한 올바른 판단과 새로운 삶의 계기들을 찾아간다. "건전한 보수와 생산적 진보를 조화시켜 좌우의 날개로 균형을 잡는 사회를 만들어가자는 구상"을 피력하는 강민규의 말을 듣던 중 윤혁은 "선진국들에 그 많은 시민단체들이 있다면, 사회주의 국가들에는 시민단체들이 있었을까" 하는 생각을 문득 떠올린다. 그리고 "사회주의는 시민단체들을 용인하지 않아 몰락했을 수도 있다"는 '엉뚱한 생각'에 빠져들기도 한다. 그러나 이러한 생각은 남한 사회에 새롭게 정착해야 하는 윤혁에게는 결코 '엉뚱한' 것이 아니다. 사회적 구성원들의 자발적인 참여를 통해서만 가능한 시민운동처럼, 올바른 사회적 행위에 대한 자율적 판단과 자발적인 욕망을 효율적으로 결합하지 않고서는 어떠한 사회운동도 지속성을 지닐 수 없기 때문이다. 정치적 차원에서 이 두 가지 요소들은 보수와 진보, 좌우의 날개, 또는 시민과 운동가와의 관계로 표현될 수 있을 것이다.

'호치민 평전'을 번역하고 난 윤혁은 프랑스나 미국에 대한 베트남의 승리는 "인민들이 쌓아올린 업적"이라는 결론에 도달한다. 그러면서 당이 자신의 영웅화를 경계한 호치민의 유언을 묵살한 사실을 비판적으로 고찰하면서, 공산당원들의 부패와 타락의 근본적인 원인을 생각해 본다.

　역사, 그것은 인간의 삶이었다. 이데올로기, 그것도 인간의 생산물이었다. (……) 그런데 그 발명품은 당초의 목적대로 쓰이지를 못했다. (……) 당원들의 부패와 타락의 뿌리는 이기주의다. (……) 모든 종교의 공통된 미덕은 나만을 위한 이기심을 버리고 남도 위할 줄 아는 이타행을 하라고 가르치는 것이다. (……) 그러나 성직자들이 이기심이라는 본능의 힘에서 벗어나지 못했듯 당원들도 다를 것이 없었다. 인간……, 인간이란 본능적 존재에 지나지 않는 것인가. 그럼, 인간의 이성이란 무엇인가……. (……) 내가 30년 넘게 감옥살이를 하지 않고 그냥 당원으로 살았다면 나도 인민들에게 원한을 살 정도로 부패하고 타락했을 것인가. 인간……, 그것은 도대체 무엇인가.

이 소설의 후반부는 윤혁이 바로 이러한 "인간에 대한 불신과 혐오"에서 벗어나 인간에 대한 신뢰를 회복해 가며 새로운 삶에 이르는 과정을 보여준다. 그리고 수기 쓰기는 그에게 새로운 삶을 마련해 주는 결정적인 계기가 된다. 강민규는 "선생님이야말로 분단시대를 온몸으로 떠안고 가장 정직하게 살아오신 분"이라며, 윤혁에게 수기 쓰기를 권유한다. 밤새 뒤척거리며 갈등에 빠져들었던 윤혁은 "비록 남다르게 이룩한 것도, 내세울 것도 없는 일생이었을지 모르나 자기 스스로를 부정해야 하는 삶을 산 것은 아니었다"는 결론에 도달하고, 수기를 "정직하고 성실하게 써나가자고" 마음먹기에 이른다. 작가는 수기를 쓰는 그의 의식의 흐름을 따라가며 남파된 이후의 윤혁의 삶을 요약한다. 서해안으로의 침투, 혼자가 되어 제일 먼저 떠오른 아내의 얼굴, 만나자마자 신고해 버린 옛 친구, "내 것이 아닌데 어느 누가 최선을 다해 일하겠나?" 하며 공산주의는 멸망할 수밖에 없다고 예언했던 황 검사의 말, 사형이 아닌 무기징역 선고와 함께 솟구쳐 올랐던 환희가 자괴감과 암담함으로 변해갔던 일, 자기로 인해 폐인이 되었던 형, 마음을 돌려 일가친척들을 살게 해야 한다는 아버지의 마지막 소원조차 들어주지 못했던 일, 정기적으로 면회를 왔던 어머니와 형수까지 죽고 나자 정신신경증을 앓게 되었던 일, 비몽사몽간에 전향서에 손도장을 찍었던 일, 독방 신세를 면하게 되자 병세가 완화되었던 일 등이 그의 의식의 스크린 위로 빠르게 흘러간다.

　수기를 다 쓰고 나자 윤혁은 "고단했던 한평생을 다 털어낸 것처럼 후련하고도 홀가분해"진다. 그리고 수기가 출간되자 감동 어린 편지나 협박성 편지도 오고, 간호원 시절 부하를 먼저 치료해 달라고 부탁한 '윤혁'이라는 인민군 장교에게 감동했던 최선숙이라는 보육원 원장이 직접 찾아오기도 한다. 윤혁은 인세의 절반을 시민운동에 쓰라며 강민규에게 기탁하고, 최선숙과 편지를 주고받던 끝에 아이들과 함께 최선숙이 운영하는 보육원으로 거처를 옮긴다. 보육원에서 그는 화장실 청소도 하고 아이들의 공부도 도와주며 '행복'이 샘솟는 것을 느낀다. 이러한 삶의 모습은 사회를 건강하게 가꾸어 갈 수 있는 인간의 심성적 바탕을 보여준다. 윤혁이 가꾸어가는 새로운 인간관계는 평등한 삶이 어떻게 가능할 수 있는지를 몸으로 증거하고 있다. 이렇게, 그의 '인간 연습'은 완성의 경지에 이른다.

3

『인간 연습』은 그리 길지 않은 장편소설임에도 불구하고 사회주의의 몰락과 이념형 인간의 종말과 거듭나기, 그리고 새로운 사회운동과 혈연적 관계를 넘어선 새로운 인간관계의 가능성까지 매우 폭넓은 의미론적 지평을 거느리고 있다. 이 작품은 사회주의의 몰락 원인을 규명하는 데 많은 지면을 할애하고 있지만, 공산주의 이론 자체에 대한 규명이나 자본주의와의 관계, 예컨대 냉전체제 속에서 사회주의 국가의 존립 조건 같은 것은 천착하지 않는다. 그래서 『공산당 선언』의 한 구절처럼 "자본주의는 모든 단단한 것들을 연기처럼 사라지게 하는" 것인가, 아니면 세계체제론자 월러스틴의 말처럼 공산주의는 자본주의 세계체제 안에 한시적으로 존재할 수밖에 없는 이질적인 한 부분에 지나지 않았던 것일까, 하는 의문들을 펼쳐 보이지는 않는다. 이 소설은 자본주의라는 새로운 삶의 조건 속에서 윤혁이라는 이념형 인간의 거듭나기에 더 많은 비중을 두고 있기 때문이다. 이 작품의 의미론적 퍼스펙티브는 하나의 이념에 기초한 제도와 인간 사이의 관계를 꿰뚫고 있다. 그리고 인간을 "이성의 힘이 큰 존재로 보려고 한 것이 착각"이었다는 결론에 도달한다. 그러나, 그러기에 이성은 새로운 의미망 속에서 새로운 모습으로 부활하고 있다. 인간 스스로 자신의 불완전함을 인정하고 평등하고 행복한 삶을 영위하기 위해서는 그만한 단련 즉 '연습'이 필요한 존재라는 사실을 인정할 수 있게 하는 것도 이성이기 때문이다. 인간은 가족이나 더 큰 사회적 관계 속에 놓일 때 '연습'을 통해 습득한 이타행 또는 더 큰 자아를 위한 자기헌신이 필요한 존재라는 사실을 터득하게 하는 것도 이성이다.

세 편의 대하소설을 통해 거대한 역사의 흐름에 몸담았던 작가는『인간 연습』을 통해 이제 역사의 지평 위에서 새로운 인간의 조건을 탐색하는 문학세계로 성큼 한 걸음을 내딛고 있다. 이 작품은 과거의 이념에 대한 치열한 비판적 성찰을 보여줄 뿐만 아니라 우리 민족의 통일이 어느 지점에서 어떻게 시작되어야 하는지도 웅숭깊게 암시하고 있다. 우리 민족의 통일은 현재의 남과 북을 그대로 결합하는 것이 아니라 분단으로 왜곡된 제도와 이념과 의식을 반성하고 새로운 인간적 심성의 토대 위에서 연습을 하듯 한 걸음 한 걸음 나아가는 과정이 될 수밖에 없다는 것이다. 이 길은 더디지만, 인간을 희생하지 않고 역사적 퇴행이 없이 나아갈 수 있는 유일한 길이다.

1943년 전남 승주군 선암사에서 아버지 조종현과 어머니 박성순
사이의 4남 4녀 중 넷째(아들로는 차남)로 태어남. 아버지는
일제시대 종교의 황국화 정책에 의해 만들어진 시범적인 대
처승이었음.

1948년 '여순반란사건'을 순천에서 겪음.

1949년 순천 남국민학교 입학.

1950년 충남 논산에서 6·25를 맞음.

1953년 작은아버지들이 살고 있던 벌교로 이사. 최초의 자작 문집
을 만들었고, 글짓기에서 전교 1등상을 받음.

1956년 광주 서중학교 입학.

1958년 아버지가 서울 보성고등학교로 전근.

1959년 서울로 이사. 광주 서중학교 제34회 졸업. 보성고등학교 입학.

1962년 보성고등학교 제52회 졸업. 동국대학교 국문학과 입학.

1966년 대학 졸업과 동시에 육군 사병 입대.

1967년 시인 김초혜와 결혼.

1969년 육군 병장 제대.

1970년 《현대문학》 6월호에 「누명」이 첫회 추천됨. 12월호에 「선생님
기행」으로 추천 완료. 동구여상에서 교직 근무 시작.

1971년 중편 「20년을 비가 내리는 땅」《현대문학》, 단편 「빙판」《신동
아》, 「어떤 전설」《현대문학》 발표. 「선생님 기행」이 일본어로
번역됨.

1972년 중편 「청산댁」《현대문학》, 단편 「이런 식이더이다」《월간문학》 발표. 부부 작품집 『어떤 전설』(범우사) 출간. 중경고등학교로 전근. 아들 도현을 낳음.

1973년 중편 「비탈진 음지」《현대문학》, 단편 「거부 반응」《현대문학》, 「타이거 메이저」《일본 한양》, 「상실기」를 「상실의 풍경」으로 개제《월간문학》에 발표. 10월 유신으로 교직을 떠나게 됨. 《월간문학》 편집일을 시작. 「청산댁」이 일본에서 간행된 『한국전후대표작선집』에 번역 수록.

1974년 중편 「황토」 작품집 『황토』에 수록. 단편 「술 거절하는 사회」《월간문학》, 「빙하기」《현대문학》, 「동맥」《월간문학》 발표. 작품집 『황토』(현대문학사) 출간.

1975년 단편 「인형극」《현대문학》, 「이방 지대」《문학사상》, 「전염병」을 「살풀이굿」으로 개제《신동아》에 발표. 「발아설」을 「삶의 흠집」으로 개제《월간문학》에 발표. 「황토」가 영화화됨. 월간문학사 그만둠.

1976년 단편 「허깨비춤」《현대문학》, 「방황하는 얼굴」《한국문학》, 「검은 뿌리」《소설문예》, 「비틀거리는 혼」《월간문학》 발표. 장편 『대장경』을 민족문학 대계의 일환으로 집필 완성. 월간문예지《소설문예》인수, 10월호부터 발간.

1977년 중편 「진화론」《현대문학》, 「비둘기」《소설문예》, 단편 「한, 그 그늘의 자리」《문학사상》, 「신문을 사절함」《소설문예》, 「어떤 솔거의 죽음」《창작과비평》, 「변신의 굴레」《신동아》, 「우리들의 흔적」《소설문예》 발표. 작품집 『20년을 비가 내리는 땅』(범우사) 출간. 10월호를 끝으로《소설문예》의 경영권을 넘김.

1978년 중편 「미운 오리 새끼」《소설문예》, 단편 「마술의 손」《현대문

학》, 「외면하는 벽」《주간조선》, 「살 만한 세상」《월간중앙》 발
표. 작품집 『한, 그 그늘의 자리』(태창문화사) 출간. 도서출판
민예사 설립.

1979년   단편 「두 개의 얼굴」《문예중앙》, 「사약」《주간조선》, 「장님 외
줄타기」《정경문화》 발표. 중편 「청산댁」이 KBS〈TV문학관〉
에 극화 방영.

1980년   단편 「모래탑」《현대문학》, 「자연 공부」《주간조선》 발표. 도서
출판 민예사의 경영권을 넘기고 주간의 일을 봄. 문고본 『허
망한 세상 이야기』(삼중당) 출간.

1981년   중편 「유형의 땅」《현대문학》, 「길이 다른 강」《월간조선》, 「사
랑의 벼랑」《여성동아》, 단편 「껍질의 삶」《한국문학》 발표. 장
편 『대장경』(민예사) 출간. 중편 「청산댁」이 프랑스어로 번역
출간. 중편 「유형의 땅」으로 현대문학상 수상.

1982년   중편 「인간 연습」《한국문학》, 「인간의 문」《현대문학》, 「인간
의 계단」《소설문학》, 「인간의 탑」《현대문학》, 단편 「회색의 땅」
《문학사상》, 「그림자 접목」《소설문학》 발표. 작품집 『유형의
땅』(문예출판사) 출간. 중편 「인간의 문」으로 대한민국문학상
수상. 중편 「유형의 땅」이 MBC TV 6·25 특집극으로 방영.

1983년   중편 「박토의 혼」《한국문학》, 단편 「움직이는 고향」《소설문
학》 발표. 대하소설 『태백산맥』을 원고지 1만 5천 매 예정으
로《현대문학》9월호부터 연재 시작. 연작 장편 『불놀이』(문예
출판사) 출간. 『불놀이』가 MBC TV 6·25 특집극으로 방영.

1984년   중편 「운명의 빛」을 「길」로 개제《한국문학》에 발표. 단편 「메
아리 메아리」《소설문학》 발표. 장편 『불놀이』 영어로 번역.
중편 「박토의 혼」 독일어로 번역. 작품 「메아리 메아리」로 소

설문학작품상 수상. 도서출판 민예사에서《한국문학》을 인수하고, 주간을 맡아 12월호부터 발간.

1985년 중편「시간의 그늘」《한국문학》 발표. 대하소설『태백산맥』연재 집필을 위해 매달 안양의 라자로마을에 10여 일씩 칩거.

1986년 『태백산맥』제1부 4천 8백 매 완결(《현대문학》9월호). 제1부를 3권의 단행본으로 출간(한길사).

1987년 『태백산맥』제2부를《한국문학》1월호부터 연재 시작하여 12월호까지 3천 2백 매 완결. 제2부를 2권의 단행본으로 출간.

1988년 『태백산맥』제3부를《한국문학》3월호부터 연재 시작하여 12월호까지 3천 2백 매 완결. 제3부를 2권의 단행본으로 출간. 작품집『어머니의 넋』(한국문학사) 출간. 신문사 문학 담당 기자와 문학평론가 39인이 뽑은 '80년대 최고의 작품' 1위 『태백산맥』(《문예중앙》, 1988년 여름호). 성옥문화상 수상.

1989년 『태백산맥』제4부를《한국문학》1월호부터 연재 시작하여 11월호까지 4천 5백 매 완결. 제4부를 3권의 단행본으로 출간(전 10권 완간).『태백산맥』완결을 고대하며 투병하시던 아버지의 별세를 소설을 쓰다가 전화로 연락받음. 소설의 완결까지 연재 1회분 반을 남겨놓은 상태에서 아버지의 장례를 치름. 문학평론가 48인이 뽑은 '80년대 최대의 문제작' 1위 『태백산맥』(『80년대 대표소설선』, 1989년, 현암사). 80년대의 '금단'을 깬 대표 소설『태백산맥』(《한겨레신문》, 1989. 12. 28). 동국문학상 수상.

1990년 새 대하소설『아리랑』의 집필을 위해 중국 만주, 동남아 일대, 미국 하와이, 일본, 러시아 연해주 등지를 취재 여행. 12월 11일부터《한국일보》에 2만 매로 예정된『아리랑』연재를 시작. 출판인 34인이 뽑은 '이 한 권의 책' 1위 『태백산맥』(《경향신문》, 1990. 8. 11). 현역 작가와 평론가 50인이 뽑은 '한국의 최고 소설' 『태백산맥』(《시사저널》, 1990. 11. 22).

1991년 『아리랑』 연재 계속. 작품 『태백산맥』으로 단재문학상 수상. 『태백산맥』으로 유주현문학상 수여가 결정되었지만 수상을 거부함. 이를 계기로 그 상이 폐지되었음. 『태백산맥』 연구서 『문학과 역사와 인간』(한길사) 출간. 전국 대학생 1,650명이 뽑은 '가장 감명 깊은 책' 1위 『태백산맥』, '대학생 필독 도서' 1위 『태백산맥』(《중앙일보》, 1991. 11. 26).

1992년 『아리랑』 연재 계속. 대검찰청에서 『태백산맥』이 국가보안법 상의 이적 표현물과 적에 대한 고무 찬양에 저촉되는지를 내사한 결과 작가에 대한 의법 조치나 책의 판금을 문제 삼지 않기로 했다고 발표. '학생이나 노동자들이 읽으면 불온 서적 소지·탐독으로 의법 조치할 것이며, 일반 독자들이 교양으로 읽는 경우에는 무관하다'는 내용의 대검 발표는 모든 언론들의 비판과 조롱거리가 됨. 대검의 그런 공식적 태도는 『태백산맥』 1부가 단행본으로 발간되면서부터 작가에게 몇 년 동안에 걸쳐 줄기차게 가해져 온 모든 수사 기관들의 음성적 압력과 억압 그리고 협박이 대표적으로 표출된 것에 지나지 않음. 일본의 출판사 집영사와 『태백산맥』 전 10권 완역 출판 계약 체결, 일본에서 대하소설을 완역 계약한 것은 최초. 한국의 지성 49인이 뽑은 '미래를 위한 오늘의 고전 60선'에 『태백산맥』 선정(《출판저널》, 1992. 2. 20). 서울 리서치 조사 독자 5백 명이 뽑은 '가장 기억에 남는 작품' 1위 『태백산맥』 (《조선일보》, 1992. 8. 25).

1993년　『아리랑』연재 계속. 외아들 도현이 육군 사병 입대. 중편「유형의 땅」이 영어로 번역되어 현대한국소설집(제목『유형의 땅』, 샤프 출판사) 출간.

1994년　6월『아리랑』제1부「아, 한반도」를 3권의 단행본으로 출간(도서출판 해냄). 8월 제2부「민족혼」을 3권의 단행본으로 출간. 10월 제3부「어둠의 산하」중 일부가 제7권으로 출간. 12월 제8권 출간. 신문 연재로는 원고량을 다 소화할 수가 없어서 《한국일보》연재를 중단하고 후반부 집필에 전념. 4월에 8개의 반공 우익 단체들이 작품『태백산맥』과 작가를, 역사를 왜곡하여 국가보안법을 위반한 불온 서적 및 사상 불온자로 몰아 검찰에 고발함. 거기에다 이승만의 양자에 의해 이승만의 명예훼손죄 고발도 첨가됨. 6월에 치안본부 대공수사실(속칭 남영동)에서 수사를 받았고, 그 후 몇 개월에 걸쳐 출두 요구와 거부를 반복하는 동안에『아리랑』집필에 치명적인 피해를 받음.『태백산맥』영화화(태흥영화사), 영화 개봉을 앞두고 작가를 고발했던 반공 우익 단체들이 영화를 상영하면 극장과 영화사를 폭파하고 불 지르겠다고 공공연한 공갈 협박을 자행하여 대대적인 사회의 물의를 일으킴. 전국 애장가 720명이 뽑은 '가장 아끼는 책' 1위『태백산맥』(《한겨레신문》, 1994. 10. 5).

1995년　2월『아리랑』제3부「어둠의 산하」중 일부인 제9권 출간. 5월 제4부「동트는 광야」중 일부인 제10권 출간. 7월 25일 총 2만 매의『아리랑』집필 완료, 4년 8개월 만의 결실. 7월 제11권 출간. 8월 해방 50주년을 맞이하며 제12권 출간(전 12권).『태백산맥』을 출판사를 옮겨서 출간(도서출판 해냄).「조정래 특집」(《작가세계》 가을호). 서울대학교 신입생 218명이 뽑은 '가장 감명 깊게 읽은 책' 1위『태백산맥』, '가장 읽고 싶은 책' 1위『태백산맥』(《한겨레신문》, 1995. 3. 15). '우리 사회에 가장 영향력이 큰 책'《시사저널》조사 2위『태백산맥』, 3위『아리랑』(《시사저널》, 1995. 10. 26). 20대 남녀 독자 294명이 뽑은 '가장 읽고 싶은 책' 1위『아리랑』(《도서신문》, 1995. 12. 30).《한겨레21》의 독자들이 뽑은 '1995년의 좋은 인물'에 선정(《한겨레21》, 1995. 12. 28). 사회 각 분야 전문가 47인이 뽑은 '올해의 좋은 책' 1위『아리랑』(《출판문화》, 1995, 송년 특집호). 1천만 명 서명을 목표로 하는 '태백산맥·아리랑 작가 조정래 노벨문학상 추천 서명인 발대식'이 1995년 11월 28일 종로 탑골공원에서 시민 단체 자발로 이루어짐(《중앙일보》, 1995. 11. 30).

1996년   단일 주제 비평서인『태백산맥』연구서『태백산맥 다시 읽기』권영민 집필로 출간(도서출판 해냄).『아리랑』연구서『아리랑 연구』조남현 외 11인의 집필로 출간(도서출판 해냄). 세 번째 대하소설을 위해 독일, 프랑스, 미국 등 취재 여행. 중편「유형의 땅」이탈리아어로 번역. 프랑스 아르마땅 출판사와『아리랑』전 12권 완역 출판 계약 체결. 일본에서『태백산맥』완역과 마찬가지로 프랑스에서 한국의 대하소설을 완역 계약한 것은 최초의 일. 미혼 직장 여성 502명이 뽑은 '친구에게 가장 권하고 싶은 책' 1위『태백산맥』, 3위『아리랑』, '가장 감명 깊게 읽은 책' 1위『태백산맥』, 4위『아리랑』(《동아일보》《조선일보》, 1996. 1. 18). 전국 20세 이상 독자 1천 2백 명이 뽑은 '가장 기억에 남는 소설' 1위『태백산맥』(《동아일보》, 1996. 4. 29). '우리 사회에 가장 영향력이 큰 책'《시사저널》

조사 1위 『태백산맥』, 5위 『아리랑』(《시사저널》, 1996. 10. 24).

1997년　새 대하소설을 위해 베트남, 사우디아라비아 등 취재 여행. '『태백산맥』 1백 쇄 출간 기념연'을 3월 6일 프라자호텔에서 개최(도서출판 해냄 주최), 증정본 겸 기념본으로 『태백산맥』 양장본 1백 질을 제작. 대하소설로 1백 쇄 발간은 최초의 일이며, 450만 부 돌파는 한국 소설사 1백 년 동안의 최고 부수라고 각 언론이 보도. 3월부터 동국대학교 첫 번째 만해석좌교수가 됨. 장편 『불놀이』 영역판(전경자 교수 번역)이 미국 코넬대학교 출판부에서 출간. 프랑스 유네스코에서 『불놀이』 번역 시작. 각 대학 수석 합격자 40명이 뽑은 '후배들에게 가장 권하고 싶은 소설' 1위 『태백산맥』, 5위 『아리랑』(《중앙일보》, 1997. 2. 25). 전국 국문과 대학생 150명이 뽑은 '가장 좋은 소설' 1위 『태백산맥』, 4위 『아리랑』(《조선일보》, 1997. 5. 15). 서울대학생 1천 명이 뽑은 '가장 감명 깊게 읽은 소설' 1위 『태백산맥』, 4위 『아리랑』(《조선일보》, 1997. 7. 23). 1997년 서울 6개 대학 도서관의 문학 작품 대출 1위 『태백산맥』(《동아일보》, 1997. 12. 28). 전남 보성군청에서 추진하던 '태백산맥 문학공원' 사업이 자유총연맹과 안기부의 개입·방해로 전면 좌초(《시사저널》, 1997. 9. 18).

1998년　『아리랑』 프랑스어판 제1부 3권이 4월 말에 출간(아르마땅 출판사). 문예진흥원 번역 지원으로 작품집 『유형의 땅』 프랑스어로 번역 시작. 세 번째 대하소설 『한강』을 《한겨레신문》 창간 10주년을 기념하여 5월 15일부터 연재 시작. 『태백산맥』 사건은 이때까지도 미해결인 채 국가보안법 위반 혐의자로 검찰에 걸려 있음. 20·30대 사무직 남·여 6백 명이 뽑은 '지금까지 살아오면서 가장 기억에 남는 책'(전 세계의 작품을 대상) 한국출판연구소 조사 남자 국내 1위 『태백산맥』, 여자 국내 1위 『태백산맥』(《동아일보》, 1998. 4. 21). 서울대학 도서관 대출 1위 『아리랑』(《조선일보》, 1998. 7. 23). 제1회 노신(魯迅)문학상 수상.

1999년 《한국일보》 조사, 문인 1백 명이 뽑은 지난 1백 년 동안의 소설 중에서 '21세기에 남을 10대 작품'에 『태백산맥』 선정(《한국일보》, 1999. 1. 5). 《출판저널》 특별 기획, 각 분야 지식인 1백인이 선정한 '21세기에도 빛날 20세기 책들(국내 모든 저작물 대상)' 36종에 『태백산맥』 선정됨(《출판저널》 1999년 신년 특집 증면호). 《한겨레21》 창간 5돌 특집, 전국 인문·사회 계열 교수 129명이 뽑은 '20세기 한국의 지성 150인'에 선정됨(《한겨레21》, 1999. 3. 25). MBC TV 〈성공시대〉 70분 특집방영 '소설가 조정래'. 『조정래문학전집』 전 9권(도서출판 해냄) 출간. 『태백산맥』 일어판 1·2권(집영사) 출간. 장편 『불놀이』 프랑스 유네스코에서 프랑스어판(아르마땅 출판사) 출간. 소설집 『유형의 땅』이 문예진흥원 선정으로 프랑스어판(아르마땅 출판사) 출간. 출판인 50인이 뽑은 20세기 최고 작가 2위(《세계일보》, 1999. 12. 18). 《중앙일보》 선정 '20세기 명저 국내 20선(국내 모든 분야 망라)'에 『태백산맥』 선정됨(《중앙일보》, 1999. 12. 23). 《중앙일보》 선정 '20세기 한국의 베스트셀러'에 『태백산맥』 『아리랑』이 동시에 선정. 30개 중에서 한 작가의 두 작품이 동시에 선정된 것은 유일함(《중앙일보》, 1999. 12. 23).

2000년 『태백산맥』 일어판 10권 완간(집영사). 9월 29일, 『아리랑』의 발원지인 전북 김제시에서 시민의 이름으로 '조정래 대하소설 아리랑 문학비'를 벽골제 광장에 세우고, 제1호 명예시민 증 수여. 그날 10시 29분에 첫손자 재면(在勉)이가 태어나 희한한 겹경사를 이룸.

2001년   「어떤 솔거의 죽음」이 그림을 곁들인 청소년 도서로 출간(다림출판사). 광주시 문화예술상 수상. 자랑스러운 보성(普成)인상 수상. 11월 『한강』 제1부 「격랑시대」를 3권의 단행본으로 출간(도서출판 해냄). 12월 제2부 「유형시대」를 3권의 단행본으로 출간.

2002년   1월 3일 총 1만 5천 매의 『한강』 집필 완료. 3년 8개월 만의 결실. 1월 『한강』 제3부 「불신시대」의 일부를 2권의 단행본으로 출간. 2월 「불신시대」의 나머지를 2권의 단행본으로 출간. 『한강』 전 10권 완간. 1월 17일 작품 집필 때문에 6개월 동안 미루어왔던 탈장 수술 받음. 12월 등단 33년 만에 첫 번째 산문집 『누구나 홀로 선 나무』 출간(문학동네).

2003년   중편 「안개의 열쇠」 《실천문학》, 단편 「수수께끼의 길」 《문학사상》 발표. 2월 'Yes24 회원 선정 2002년의 책'에서 『한강』이 남자 1위, 여자 2위. 3월 만해대상 수상. 4월 제1회 동리문학상 수상. 5월 프랑스 아르마땅 출판사에서 『아리랑』 전 12권 완역 출간. 유럽 지역에서 한국의 대하소설이 완간된 것은 최초의 일. 5월 16일 전북 김제시에서 건립한 '조정래 아리랑 문학관' 개관식 개최. 생존 작가의 문학관이 세워진 것은 처음 있는 일. 둘째 손자 재서(在緒) 태어남.

2004년   4월 30일 프랑스의 시인이며 극작가인 테르지앙(Terzian)이 『아리랑』을 희곡화하여, 『분노의 나날』로 출간(아르마땅 출판사). 7월 1일 희곡집 『분노의 나날』을 『분노의 세월』로 시인

성귀수 씨가 번역 출간(도서출판 해냄). 8월 20일 『태백산맥』 프랑스어판 제1권 출간(아르마땅 출판사). 9월 1일 중편 「유형의 땅」이 독어판으로 출간(독일 페페르코른 출판사). 12월 15일 만화 『태백산맥』 1권이 박산하 씨 그림으로 출간(더북컴퍼니 출판사). 12월 20일 『태백산맥』 일어판 문고본 계약(일본 집영사).

2005년 단편 「미로 더듬기」《현대문학》. 1월 1일 《문화일보》 2005년 신년 특집으로 〈광복 60돌 '한국을 빛낸 30인'〉에 선정. 5월 26일 순천시에서 '조정래 길'을 지정하고 표지석 개막식 개최(낙안 구기-승주 죽림 사이). 4월 1일 서울지방검찰청에서 『태백산맥』 고소 고발 사건에 대해 만 11년 만에 무혐의 결정 내림. 5월 20일 MBC TV에서 〈조정래〉 3부작 제작(『태백산맥』 고소 고발 사건의 발단과 수사 경과, 무혐의 결정이 내려지기까지의 전 과정). 6월 23일 인터넷 서점 Yes24와 포털 사이트 네이버가 진행한 '네티즌 추천 한국 대표 작가-노벨문학상 후보를 추천해 주세요'에서 네티즌 6만 명이 참여해 조정래를 1위로 선정. 또, '한국인에게 큰 감동을 준 작품'으로 『태백산맥』을 1위로 선정. 8월 10일 장편 『불놀이』 독어판 이기향 씨 번역으로 출간(페페르코른 출판사). 8월 15일 『태백산맥』 프랑스어판 3권 출간. 8월 13~21일 인천시립극단에서 광복 60주년 기념 특별 공연으로 연극 〈아리랑〉을 인천종합문화예술회관에서 공연. 10월 5일 MBC TV와 『태백산맥』 드라마 계약.

2006년 장편 『인간 연습』 분재 1회 《실천문학》. 3월 15일 『태백산맥』 프랑스어판 4권 출간. 4월 10일 〈한국소설 베스트〉 시리즈로 『유형의 땅』 포켓북 출간(일송포켓북). 4월 15일 「미로 더

들기」로 현대불교문학상 수상. 6월 28일 장편『인간 연습』출간(실천문학사). 장편『오 하느님』분재 1회《문학동네》, 10월 15일『태백산맥』프랑스어판 5권 출간.

2007년   1월 5일 한국 문학 대표작 선집 27『황토』출간(문학사상사). 1월 29일『아리랑』100쇄 돌파 기념연 개최(도서출판 해냄). 3월 21일 장편『오 하느님』단행본 출간(문학동네). 4월 20일『태백산맥』프랑스어판 6권 출간. 8월 10일 조정래 소설집『어떤 전설』출간(책세상). 10월 25일 '큰 작가 조정래의 인물 이야기(위인전 시리즈)' 첫 다섯 권(신채호, 안중근, 한용운, 김구, 박태준) 출간(문학동네). 11월 30일『태백산맥』프랑스어판 7, 8, 9권 출간. 12월 27일『태백산맥』프랑스어판 전 10권 완간.

2008년   4월 7일 KYN과『아리랑』TV 드라마 계약. 4월 10일『교과서 한국문학』시리즈 조정래편 5권 출간(휴이넘 출판사). 2007년 출간한 장편소설『오 하느님』을『사람의 탈』로 제목을 바꿔 개정출간. 5월 1일『죽기 전에 꼭 읽어야 할 책 1001』에『태백산맥』이 선정됨. 서기 850년경에 씌어진『아라비안나이트(천일야화)』에서부터 최근에 이르기까지 1200여 년 동안 발표된 전 세계의 소설을 대상으로 평론가·학자·작가·언론인 등으로 구성된 국제적인 전문가 집단이 참여하여 1001편을 가려 뽑은 책으로 우리나라 작품으로는『태백산맥』과『토지』가 뽑혀 수록됨(영국 카셀 출판사, 번역서 마로니에북스). 11월 20일 '큰 작가 조정래의 인물 이야기' 제6권『세종대왕』, 제7권『이순신』출간(문학동네). 11월 21일 '조정래 태백산맥 문학관' 개관식(전남 보성군 벌교읍 회정리『태백산맥』이 시작되는 지점). 12월 11일 '자랑스러운 동국인상' 수상. 12월 23일 '사회 각 분야 가장 존경받는 인물'-문학 분야 1위로 선정됨(《시사저널》제 1000호 기념 특대호 특집).

2009년 3월 2일 『태백산맥』200쇄 돌파 기념연 개최(도서출판 해 냄). 대하소설로 200쇄 돌파는 최초. 자전 에세이 『황홀한 글 감옥』 출간(시사IN북). 11월 18일 장애문화예술인들을 위한 'Art 멘토 100인 위원회 1호' 위원으로 위촉됨(한국장애인문 화진흥회).

2010년 장편소설 『허수아비춤』을 계간지 《문학의 문학》 여름호에 600매 분재함과 동시에, 인터넷서점 인터파크에도 2개월간 60회로 연재한 후 10월 1일 단행본으로 출간(도서출판 문학 의문학). 11월 10일 장편 『불놀이』, 12월 1일 장편 『대장경』 개정판 출간(도서출판 해냄). 12월 2일 경남 창원에서 '고려 대장경 팔각 불사 1000년 기념'으로 장편 『대장경』을 오페라 로 공연(경남음악협회). 12월 22일 장편 『허수아비춤』이 독자 들이 뽑은 '2010 최고의 책'으로 시상식 거행(인터파크 도서). 12월 26일 장편 『허수아비춤』이 '2010 네티즌 선정 올해의 책'이 됨(Yes24).

2011년 4월 대하소설 『태백산맥』 『아리랑』 『한강』 전자책 출시, 이와 동 시에 장편소설 및 중단편소설집도 개정 출간과 동시에 전자책 출시 결정. 4월 25일 초기 단편 모음집 『상실의 풍경』 개정판 출 간, 5월 30일 중편 「황토」와 7월 25일 중편 「비탈진 음지」를 장 편으로 전면 개작해 단행본 『황토』 『비탈진 음지』로 출간, 10월 10일 『어떤 솔거의 죽음』 개정판 출간(이상 모두 도서출판 해냄).

2012년 2월 유비유필름과 『태백산맥』 드라마판권 계약. 4월 영국 놀 리지펜 출판사와 『태백산맥』의 영어·러시아어 번역출간 계약. 4월 30일 『외면하는 벽』 개정판 출간(도서출판 해냄). 7월 중편 「유형의 땅」이 전경자의 영어번역으로 영한대역 『유형의 땅』으로 출간(도서출판 아시아). 9월 30일 『유형의 땅』 개정판 출간(도서출판 해냄), 11월에는 《출판저널》이 뽑은 '이달의 책'으로 선정됨. 10월 5일 『사람의 탈』 영어판 출간(Merwin Asia). 『금서의 재탄생』(장동석 저, 북바이북)과 『금서, 시대를 읽다』(백승종 저, 산처럼)에서 금서로서의 『태백산맥』을 집중 조명함.

2013년 2월 23일 참여연대로부터 공로패 받음. 2월 25일 단편집 『그림자 접목』 개정판 출간(도서출판 해냄). 3월 대하소설 『아리랑』의 뮤지컬 제작을 위해 신시컴퍼니(대표 박명성)와 판권계약 체결. 3월 25일부터 인터넷 포털 사이트 네이버에 『정글만리』 일일연재를 시작, 7월 10일 108회를 끝으로 연재 종료와 동시에 7월 12일 단행본 전 3권으로 출간(도서출판 해냄). 10월 7일 『정글만리』 중국어판 출판계약 체결. 『정글만리』에 대해; 10월 7일 문화계 인사 60인이 선정 '2013 출판 부문 1위.' 10월 24일 《중앙일보》·교보문고가 공동 선정한 '2013년 올해의 좋은 책 10.' 11월 26일 제23회 한국가톨릭 매스컴상 수상(출판부문). 12월 9일 출간 5개월 만에 100만 부 돌파 최단 기록. 12월 11일 한국예술평론가협의회 선정 제33회 '올해의 최우수 예술가상' 수상(문학부문). 12월 14일 《동아일보》가 선정한 '2013 올해의 책.' 12월 20일 Yes24 네티즌 선정 '2013년 올해의 책' 1위. 12월 21일 《조선일보》가 선정한 '2013년 올해의 책.' 12월 26일 인터파크도서 '제8회 인터파크 독자 선정 2013 골든북 어워즈'에서 골든북 1위, 골든북 작가부문 1위. 12월 30일 알라딘 독자 선정 '2013년 올해의 책' 1위.

2014년   1월 8일 《매일경제》·교보문고 공동 선정 '2014년을 여는 책 50'. 1월 10일 국립중앙도서관 통계, '2013년 도서관에서 가장 많이 이용한 도서' 1위. 3월 15일 『정글만리』 100쇄 돌파(『태백산맥』 2번, 『아리랑』 1번에 이어 네 번째 100쇄 돌파가 됨). 6월 12일 벌교읍 부용산 아래, 복원된 보성여관(소설 속의 남도여관)으로 이어진 '태백산맥길' 첫머리에 조성된 '태백산맥 문학공원 기념조형물 제막식'이 열림. 높이 3미터, 길이 23미터의 조형물에는 작가의 약력, 『태백산맥』에 대한 평가, 『태백산맥』의 줄거리, 그리고 작가의 흉상이 조각되어 있다. 그런데 그 조각은 모두를 놀라게 할 만큼 특이하고도 독창적이다. 조각가인 서울대학교 이용덕 교수는 세계 최초의 기법인 '역상(逆像)조각'으로 그 창조성을 감동적으로 보여주고 있다. 9월 20일 제1회 심훈문학대상 수상. 12월 15일 인터뷰집 『조정래의 시선』 출간(도서출판 해냄).

2015년   6월 15일 『아리랑 청소년판』 출간(조호상 엮음, 백남원 그림, 도서출판 해냄). 7월 11일 뮤지컬 〈아리랑〉 개막, 9월 6일까지 공연(신시컴퍼니). 8월 5일 장편소설 『허수아비춤』 개정판과 함께, 문학 인생 45년을 담은 『조정래 사진 여행: 길』 출간(도서출판 해냄). 10월 3일 제2회 이승휴문화상 문학상 수상.

2016년   7월 12일 장편소설 『풀꽃도 꽃이다』(전 2권) 출간(도서출판 해냄). 10월 4일 『정글만리』를 영어로 옮긴 『The Human Jungle』이 브루스 풀턴 교수와 윤주찬 씨의 번역으로 미국 현지에서 출간(Chin Music Press Inc). 11월 8일 『태백산맥 출간 30주년 기념본』(전 10권) 및 『태백산맥 청소년판』(전 10권) 출간(조호 상 엮음, 김재홍 그림, 도서출판 해냄).

2017년   7월 25일~9월 3일 뮤지컬 〈아리랑〉 공연(신시컴퍼니). 11월 21일 은관문화훈장 수훈. 11월 30일 시조시인 조종현, 소설가 조정래, 시인 김초혜의 문학적 성과를 기념하고 그 정신을 이어나가고자 전라남도 고흥군에 설립된 '조종현 조정래 김초혜 가족문학관' 개관.

2018년   2월 9일 〈2018 평창 동계올림픽대회〉 성화 봉송(오대산 월정사 천년의 숲길). 4월 20일 맏손자 조재면과 함께 집필한 『할아버지와 손자의 대화』 출간(도서출판 해냄).

2019년   장편소설 『천년의 질문』을 네이버 오디오클립에 오디오북 형태로 30회 연재한 후 6월 11일 단행본 전 3권으로 출간(도서출판 해냄). 11월 2일 조정래 작가의 문학적 성취를 기리고 국내 문학을 대표하는 중견 작가의 작품 활동을 지원하기 위해 제정된 '조정래문학상' 제1회 개최(전남 보성군 벌교읍민회). 11월 11일 '서점인이 뽑은 올해의 작가'로 선정됨(한국서점조합연합회). 12월 12일 『천년의 질문』이 '2019년 올해의 책'으로 선정됨(Yes24).

2020년   3월 1일 서울 종로구 배화여고에서 열린 〈3·1절 101주년 기념식〉에서 묵념사 집필·낭독. 6월 25일 강원도 철원군 백마고지 전적지에서 6·25전쟁 70주년 기념 '한반도 종전기원문' 집필·낭독. 이 기원문은 김정은 북한 국무위원장, 도널드 트럼프 미국 대통령, 안토니우 구테흐스 유엔 사무총장 등에게 전달됨. 7월 2~4일 뮤지컬 〈아리랑〉 공연(전주시립예술단). 8월 1일 등단 50주년을 기념하며 자전 에세이 『황홀한 글감옥』 개정판 출간(도서출판 시사IN북). 10월 15일 대하소설『태백산맥』『아리랑』, 11월 30일『한강』의 등단 50주년 개정판 출간(도서출판 해냄). 10월 15일 반세기 문학 인생 및 남녀노소 독자들의 질문 100여 개에 대한 작가의 답을 담은 산문집『홀로 쓰고, 함께 살다』출간(도서출판 해냄).

조정래 장편소설

인간 연습

제1판 1쇄 / 2006년 6월 28일
제2판 1쇄 / 2021년 4월 30일
제2판 3쇄 / 2023년 12월 20일

저자 / 조정래
발행인 / 송영석
발행처 / (株)해냄출판사

등록번호 / 제10-229호
등록일자 / 1988년 5월 11일(설립일자 | 1983년 6월 24일)

04042 서울시 마포구 잔다리로 30 해냄빌딩 5·6층
대표전화 / 326-1600 팩스 / 326-1624
홈페이지 / www.hainaim.com

ⓒ 조정래, 2006, 2021

ISBN 979-11-6714-001-2